気づきの先へ
どくだみちゃんとふしばな7

吉本ばなな

幻冬舎文庫

気づきの先へ
どくだみちゃんとふしばな 7

目次

よしなしごと

出会うこと気づくこと

秘訣いろいろ

本文写真：著者
本文中の著者が写っている写真：井野愛実　田畑浩良

よしなしごと

街のすがた

◎今日のひとこと

近所に住んでいたとても勘のいい、マッサージの天才のお姉さんが、あるとき急に引っ越してしまったのです。家賃が高いのはもちろんだけれど、とその理由を彼女はさらっと言いました。

「人の暮らしが見たい、生活の感じに触れたいから」と言って。

そのあと彼女のご主人と話したとき、彼はこう言っていました。

「東京も、少し真ん中から離れちゃえば、こうして人の暮らしがちゃんとあるんだなあって思って」

アイリス

私もそう思います。

干してある古びた販促用のタオルだとか、ちょっと油よごれのあるテーブルの上のコショウだとか、古い喫茶店のほこりっぽい窓だとか。そういうのがいいということではありません。なにせこんまりさん[*1]大好きな私ですからねえ。

生活していると、どうしてもほこりだとか汚れだとか洗濯ものだとかが出て、間に合わない日もあるさ、そんなこと。

でもトイレはぴかぴか、まあ和式トイレだけどね、とかね。

おじいちゃんと息子と孫がみんなそっくりだね、とか。

そういうものがない街のうそくささに、私もだんだん飽きてきたというか。


企業がお金を出して、人気の土地にお店を出して。

うまくいかなくなったら撤退して。

後に何も残らない、そんな感じです。

「あ、子どものぶん、さび抜きっていうの忘れちゃった」

となりのテーブルのお母さんが言って、

「あ、いいよ、今からさび抜きにするよ」

とそれを聞いた大将がさらっと言って、

「ごめんなさい、ありがとうございます！」

「いいよいいよ」

そんな会話がない街は、やっぱり淋しい街なんです。借りものの暮らしでいっぱいの、淋しい世界なんです。

だってたいていの人には実家があって、融

通のきかない親がいて、めんどうくさい親戚がいて。子どもはうるさいし泣くしよだれをたらすし。それをないことにしちゃうなんて、なかなかむつかしいですよね。

おいしかった地魚すし

◎どくだみちゃん

千里[*2]

私が恋人と別れて、急に別の人と結婚することになって。

今まで毎日のように彼と行っていたそのお店に電話をした。

おじさんは「よくわかりました、だんなさんを連れておいでね」と言ってくれた。子どもが生まれたときも、すごく喜んでくれた。

あのご家族にしてみたら、なんで私たちにそんなこと電話で言ってくれるのかしら、吉本さんったらねえ。

というような気持ちだったと思うのだが、私にとって、あの街でのあの人たちは、当時唯一頼れる大人だったのだ。

うちの実家の人たちは、私のことをよく知っているから、

姉は、前の彼にもう会えないのは悲しいなあ、弟みたいになってたもんなあ、と言い、母も同じようなことを言いながらも、すぐわかってくれた。

そして父に至っては、「前の彼とほんとうにいっしょになるなんて、本気で思ったことがいっぺんもなかった」とまで言っていた。

ひどい！

夫や赤ちゃんと、引っ越すまでずっと毎日のようにそのお店に行った。

向こうも代が替わり、しっかりと改装したり、お孫さんがいっぱい生まれたり、メニューが変わったり、マイナーチェンジをしていって、前よりは距離ができているんだけれど、それでも。

あの日、おじさんがああ言ってくれたことが、私たちのスタートを支えてくれた。そう思う。

今はもうない、あのマンションの出口からの道。

右に出て、左に曲がって、公園のところでまた右に。

あの黄色い明かりが見えてくると安心した。

その公園は、人生で最後の大型犬と毎日散歩に行ったところ。

最後にその公園まで歩けなくなって、

お母さん、帰ろう、もう歩けないの。なん

ブライス人形たち

でだかわからないけれど。
と苦しそうな息で言われたところ。
電信柱のかげでかがんで、抱きしめて、そのきれいな金色の毛に顔を埋めた。
いつもと同じいい匂いがしているのに、もうすぐ逝っちゃうなんて。
そう思ったところ。

住んだ街には、自分の足跡がついている気がする。
あの時代の匂いがして、いつまでも嗅いでいたい気がする。

◎ふしばな

「ふしばな」は不思議ハンターばな子の略です。

毎日の中で不思議に思うことや心動くことを、捕まえては観察し、自分なりに考えていきます。

私が書いたら差しさわりがあることだって、私の分身が考えたことであれば問題はないはず。

村上龍先生にヤザキがいるように、私には「ばな子」がいる。

森博嗣先生に水柿助教授がいるように、私には「有限会社吉本ばなな事務所取締役ばな子」がいる。

村上春樹先生にふかえりがいるように、私には「ばなえり」がいる（これは嘘です）！

消えゆくものと映画あれこれ

多分年齢のせいだと思うのだが、スケスケのぴかぴかで雑誌に出てくるようなお店で、働いている人が全員若かったりすると、どうか君たちの世代でがんばってくれたまえ、と思って行かないようになってしまった。

前は店ができたらはりきって行っていたのに。これは歳だなと素直に思う。

八百屋さんの軒先にきちんと素朴にバナナが並んでいたり、居酒屋の外にビールのケースがびっくりするほど積んであったり、そういうのを見るとほっとするようにもなってきた。

もうすぐなくなっていく風景だからだろう。

いつも運転してくれるはっちゃんの店は、ほぼはっちゃんの家と呼んでいい状態で、書店だったのだが、本を見るどころではなく、手でてきとうに置いたボコボコのフローリングにいつもつまずいて、その先に普通にのこぎりが置いてあったりした。これを売って大丈夫だろうか？　と思うような謎の古物が積んであって、何も買わなくてもお茶を出してくれたので、申し訳なくなってなにかしら買ったりして、そのなにかしらが意外に長く家で使われていたりする。

　そういう時代ももうめぐってはこないんだろうなと思う。

　まあだいたいこのエッセイ部分は、現代の店舗の虚しさを憂うか、昭和の良かったところを懐かしむか、生き方の問題か、そのくらいのネタしかないのだが、しかもまあ個人なのでおばあちゃんの昔話的に何回も同じネタが出てくるのだが、それでも私の成長と共に若干のアップデートをしつつ、ちょっとしたコツみたいなものをしのばせている。

　そういうのを、もっと金を取れると言ってくれる人はたくさんいるんだけれど、そんなケチくさいことをこの年齢からしたくないよなあと思う。

　これからの若い人はなんでもやったらいいと思うけど、私に関してはどうもそんな気持ちになれないのだ。ほんとうに批判ではなく。

　できれば死ぬ直前でも、夏、海に行きたい。ちょっと海に入って、たたみの上で昼寝して、家に帰ってきてから倒れたい。

　海に行きたいなあ、夏なのになあ、と寝込みながら思うのはいやだなあと思う。

　でもその想像の中で、未来にはもうたぶんないであろういつも行っている宿の風景がデフォルトで浮かんでしまうあたりが、どうにもならないくらい刷り込まれた西伊豆の風景なんだよなあと思う。ミコノスでも、ハワイでもない。葉山でもない。

海に向かって陽が沈む、あの風景しか浮かんでこない。あの宿のすりきれた廊下の赤いじゅうたんが見えてきてしまう。

こういうのってもう呪いみたいなもので、これに関しては書き換えなくていいけれど、書き換えたい人は自分の「海に関するデフォルトの景色」を豪華な世界に書き換えることはもちろんできると思う。

なんでもできる。人は、できないことは、実はしたくないっていうだけなんだから。


それでもやっぱり、あの海の街がいちばん栄えていた頃の、夜になると浴衣の浮かれた人たちがそぞろ歩いている風景は二度と見ることができないんだなとわかっている。大人っていいな酒が飲めて、といつもしみじみ思った。

そしてうちの両親は、いきなり酔いつぶれることはあったかもしれないが、そして朝起きられないことはよくあったのだが、全く酔っ払わない人たちだった。

だから私は飲んでもそんなには酔っ払わないのだろう。

潜在意識に、「この程度しか酔わない」がしみこんでいるのだろう。

これもいくらでも書き換えられる。

でもこれは便利だから財産としてキープしておく。


いろんな監督に映画化してもらったけれど、撮ってしまうと必ず「ちょっといい話」「で、だからどうした？」という映画になる。

若木（信吾）監督の「白河夜船」だけが私のよくわからない底知れなさに迫っていたが、あとはみんな、あの偉大な森田（芳光）監督や市川（準）監督さえ、しくじっていた。

私は実は「ちょっといい話」を一回も書いたことがない。

いい人たちが出てくるちょっといい話にひそむ残酷な真実の（現実の厳しさ、ではない）厳しい谷間を、異次元を、日常のとなりにぱっくりと口を開けているなにかを、いったん見てしまった人が人生に戻ってくる話ばかりである。

いい人たちは、ここにおいては花とか虫みたいなもので、和みでしかない。

これからは誤解されないように、もっと真面目に闇を書いていこうと思うが、そうでなければ、「海のふた」ではじめちゃんがあれほどまでに醜いやけどをおっている必要は全くない。まあ、あれは名嘉睦稔《なかぼくねん》さんとのコラボ作品だったので書き方も甘かったのだが、おばあちゃんは死ぬわ、相続でもめるわ、年頃なのに見た目は怖いわで、いろいろ変なものを見ちゃってただ休みたい人というところが肝の話なのだ。

監督や脚本のみなさんはとてもよい人たちだったのでこんなこと書くのはとても悪いのだが、あれだけのカス映画はなかなか作れないというくらいひどく、やけどの設定抜きにしていいですか？　とか、おばあちゃんが死んだエピソード抜いていいですか？　とかレズのからみを入れてもいいですか？　とか言われたときには、じゃ、違う話なんで、原作と書かないでくれと素直に言った。そうしたらわけのわからないままに私のクレームだけが生きて、いっそう収拾のつかない内容になっていた。

主人公がアホでKYだからこそ、はじめちゃんは安らいだのだが、そこには一点のレズっ気もないのだ。小学生に戻ったってだけなのだ。

また、「なんくるない」では打ち合わせで、とにかく主人公の見た目がむだにセクシーなのが肝なんだと伝えたら、映画化の話自体がなくなった　笑。

これからは自分が脚本でなかったら（湯浅〈政明〉監督のアニメ化以外は……彼にならもう何をしてもらってもいい）、もう映画化を許可しないようにしようと思う。脚本家というのは脚本のプロなんだから、まかせたほうがいいんだろうなと長年思ってきて、やっぱりそんなことなかったんだな、と最近気づいた。調子に乗って言ってるだけで脚本書いたことないくせに、とみんなに言われるのだが、少なくともマシには書けるな、と心から思う。謙遜してる場合じゃなかった。

そしてこれはフォローではなく、結果たとえカス映画になってしまっても、映画化しようと思ってくれる気持ちというのは、やっぱり嬉しいものなので、決して恨んではいないし、ただ感謝している。

日本酒が似合ういっちゃん

未知の道

◎今日のひとこと

　ほんとうに、もう体力の限界、体がつらすぎて吐きそう、明日どうしても起きられる気がしない、疲れて涙が止まらない、どこにも行きたくない、着替える気力がない……何回も書いてますけど、なにせ小説と違って人物が私ひとりしかいないのでくりかえしはやむなく……そうだったとき。

　またも書きますと、親は介護状態で保険にも入ってないからお金がむちゃくちゃかかる、仕事はマックスバリバリ、育児は最高にたいへんな上、幼稚園に行っててお弁当が必要、なぜか動物が四匹もいたとき。これはもう

サボテンの花

……よく生きてたよ！　と思います。

そんな真っ最中にも、未来の私、今の私は過去の私に伝えていたのでしょう。

「今が人生最高のときだって、後でわかるからがんばって」

だからでしょうか、子どもが一日ぶじで過ごして夜眠るとき、感謝して涙が出るほどでした。そんなにも鬱で疲れていたのに！


子どもが十五歳くらいになるまで、決して自分が行きたいと望んでいない場所に、毎日私にくっついて行かなくてはいけない、そのことがどんなにきつかったか私にはわかっていました。

わかっていても、ひとりにするわけにはいかず、どうにもならないですからね。それに子どもをひとりにしてまでしなくちゃいけないことなんて、この世にほとんどないですからね！

そして申し訳なく思い、「今だけだよ、そのうち自分の好きな動きを毎日していい日々が来るんだからね」とは心から思っていました。


いざ来てしまうと、使った労力のぶんだけぽかんとします。

これを経験した全てのお母さんに愛を感じます。

ほんとうはいちばん家の中がにぎやかなはずだった時間に、ひとりでいること。過去の音が耳にこだましています。ゲームの音、お手伝いさんの音、シッターさんの声。

あの頃は、少しでいいから静かな場所でひとりで寝たいなあと思ったけれど。

いざ来てしまうと、ひとりだとよく眠れない。

こまねずみのように体を動かして働いて働いて、しわしわで、すっかり節が太くなった私の手。

でもすらっとしていた頃よりもずっと好きな手です。

あの長い労働の時間は、この手を得るためにあったんだなとさえ思ってます。

やっぱり今の方がいい、たとえ人生のピークは、いちばんだいじな時期はもう過ぎたのだとしても、その頃の夢がこれからを支えていく。

最高の後っていうのも、またいい味わいがあるものなんですよ。

きちんとした服で気合を入れて行く高級鮨屋も、ひとりふらりと夕方の回転ずしでビールを飲んでちょっとつまむサーモンやツナ巻きなども、楽しみ方が違うけどすごく楽しい、どっちがいいなんて野暮なことは言わないわ、と同じような感じでね。

後の帰り道の花とか風を楽しみに、少しず

自家製梅ジュース

つゆっくり歩きたい、そう思うのです。この帰り道は、たいへんなことがあってもちゃんと季節も花も味わえて、なかなかいいものです。

◎どくだみちゃん

未知

タクシーの中で爆睡してしまう、時差ぼけのとき。

あまりによく寝てしまい、今がいつなのか、自分がだれなのかわからなくなるほどだ。

気づくとビルの明かりがたくさんの目のように闇に浮かんでいる景色。街に灯る光のいろんな色が車の中に次々映し出されている。

そうか、今は日本にいるんだ。

仕事が終わって池袋にいたんだっけ。

それでごはんを食べて、何杯かみんなで飲んだ。

それからひとりでタクシーに乗って、家に帰る途中。

今、私は夫と子どもと住んでいる。

子どもはまだ家にいるけれど、時間の問題なんだろうな、いっしょに暮らせなくなるのは。

逆にそうでなかったら、ずっといたらそれはそれでうんと困るんだろうけど。

タクシーの奥には、小さい子どもの形をした影がまだあるような気がする。

いつも後部座席で靴を脱いで膝を抱えて寝ていた。

体のどこかを必ず私にもたれかけさせてい

た小さい子。

どれだけいっしょにタクシーに乗ったかわからない、あの忙しかった時代。

今が好きで、今のほうが面白くて、だって明らかに過去の映像よりも生き生きしてるから、世界が。

思い出の中の世界はどんなにすてきでも、これほどの精彩はないから。

心からそう思ってはいても、たとえば昼寝しているとき、よその家の赤ちゃんをあずかる夢をみる。

抱っこしていると、顔がかわって、うちの子が赤ちゃんだったときの顔になる。

そして「ママ〜」と二度と聞けないあの高い声で言う。

会いたかった、消えないで、淋しいよ、淋しい。

夢の中の私はそう言って泣く。

自分が淋しいと思っていることさえ、全く知らなかったのでびっくりする。

目が覚めると、巨大になった子どもが椅子に座って勉強している。

「ママ、また犬に寝かしつけられてたね」と低い声で笑う。

「なんか食べたい、ラーメン作って」と。

「いいよ〜」と言って私は立ち上がる。

こんな複雑な気持ち、味わったことがない。

こんな自分に出会うとは知らなかった。

こんな感情を抱いて、歳をとって、やがて死んでいったたくさんのお母さんたち。

たいていの子どもたちはもう遠くに住んで

自分の生活をしていて死に目にあえない。

それはどんな気持ちなのか、今の私には全く想像ができない。


子どもを持つところまでは想像できていた。親が死ぬのもある年齢からはしっかり想像と覚悟ができていた。

でも小さい子がいるときは、自分が小さい子と暮らさなくなる日々を絶対に想像できなかった。ずっと小さな服や靴、おもちゃを定期的に買うのだと思っていた。

しかしここから先は、毎日がほんとうの未知の世界だ、そう思う。

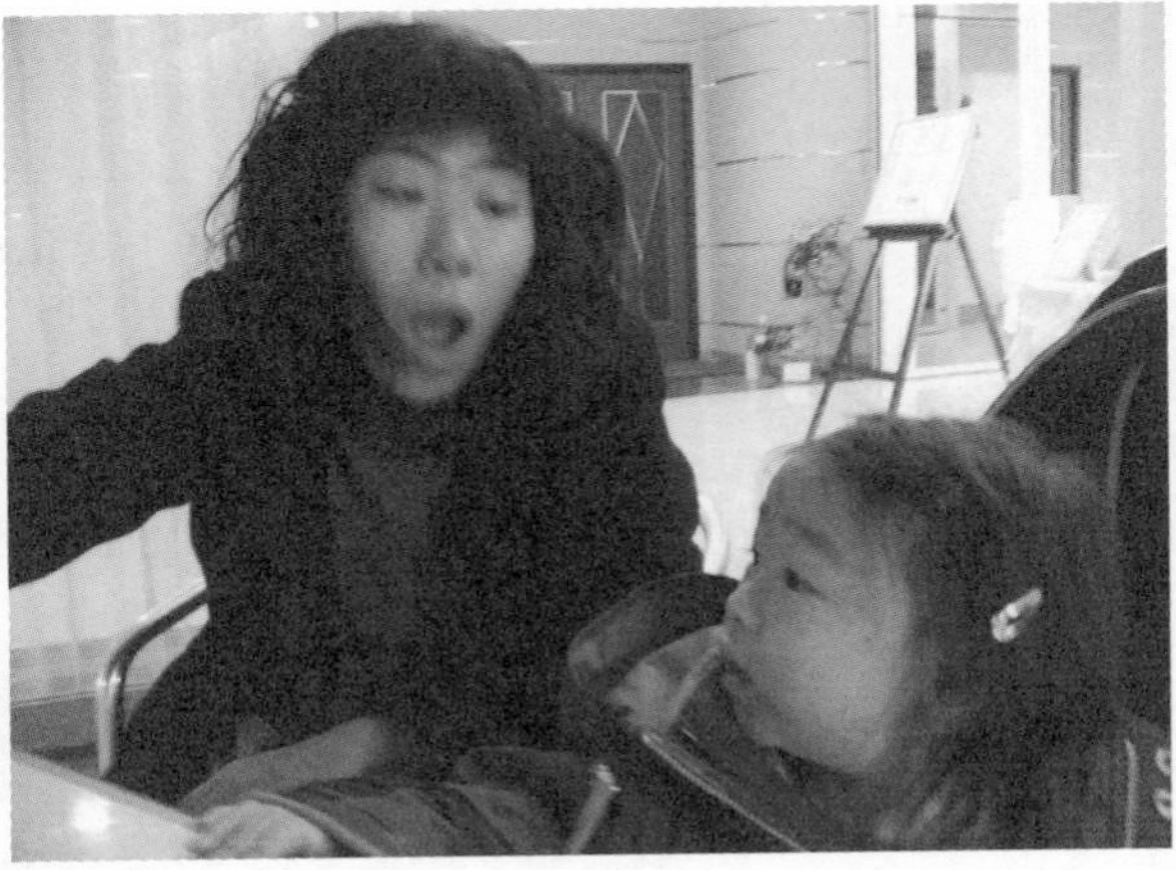

親子の瞬間

◎ふしばな

特定の国を愛するおじさまたち

この層は、今もどこかにちゃんと引き継がれているのだろうか？　それとも兼高かおるさんとかジャルパックと共に、昭和の名物として消えていってしまったのだろうか？

時代のいろいろな背景が、彼らを生み出したことだけは確かなのである。

今おおよそ七十代くらいの彼らはまるで恋をしているように、自分が惹きつけられた国の音楽、言葉、風景をいつも背負って歩いている。

その国の料理を出すお店にその国が好きな仲間と集まり、年に一回くらいはその国に行く。

服装とか、持ち物とかになんとな～くだが、その匂いは滲み出ている。

しかし、簡単な会話ができるレベル以上にその国の言葉を勉強している人や、実際そこに住んでしまった人は基本なかなかいない。

若い頃に数ヶ月駐在したという人はまれにいるのだが、そういう人はその中でもちょっと異色な存在となる。

つまり「あくまで日本にいながら」「旅行としてその国を何回も訪れている」人というムードがあるのである。

基本はツアーで、その仲間たちと日程を合わせて行く感じ。

どこかからの帰りの飛行機はたいていそういう人たちでいっぱい。

昔、アルゼンチンに惹きつけられたそうい

うおじさまたちと、取材をかねて一回飲んだことがある。上記の特徴を見事に兼ね備えていたが、私は決して侮っているのではない。彼らの人生を異国の文化が深く彩った、その運命の綾のようなものに感動した。さらにその人たちがチリ、そしてパタゴニア、もっと進んでイースター島（アクセスがむちゃくちゃめんどうくさい）に足を何回も延ばしていることに至っては、「すげえな！」と素直に思った。

彼らは、この下の世代にどんな形で登場してくるのか、全くわからないが消えることはないような気がする。

レイブとかフェス関係では、世界中どこでも行く子たちを見かけるけれどなんか違うし、でも、きっと姿を変えて続くジャンルなのではないかと思う。どのような形に変わるのかを楽しみに見守りたい。

◎おまけふしばな
いったいいつ

少し前に、私の窓辺から見える「洗濯もの干しショー」の家について書いた。あまりにも気になりすぎて二回も書いてびっくりされたりした。今やだんなさんが出てくるときなんて拍手しそうだ。

ご夫婦が家中のものを順番に干しては取り込む、あの家の話である。

仕事が忙しくて私が明け方まで起きているとき、たとえば四時に空が白んできて、仮眠をとって六時ごろにトイレに行き、また窓辺に向かうとする。

するともう第一弾のせんたくものは干されている。いったいいつ、彼らは起きて洗濯ものに取り組み始めているのか。夕方までに三回は洗濯ものが変わっている。

そして曇っていても、極端にいうと雨でも、なにかしら干してある。

それが夕方までそうして変化しながら、どんどん干されて取り込まれていく。

もはや人生が洗濯そのもの（人生の洗濯をしてるとかではなく！）。

いろんな生き方があるなあとしみじみしてしまう。

お兄ちゃんが好き

湯遊

◎今日のひとこと

人生の一時期、全てのリラックスを温泉とか健康ランドにかけていました。

ちょうどさくらももこちゃんとサウナに行っていた頃がいちばんすごかっただろうか。まるで中毒のようになっていました。

あの頃は、仕事して、サウナに行って、そのあとビールを飲んで、ひと眠りしてまたひと晩中仕事をしていたわけだから若さってすごいなと思うんだけれど、家事が多いだけで今もあんまりある意味変わっていないような。

今は見知らぬ人たちといっしょにサウナに

那須で食べた新そば

入るのが近所ではめんどうくさくて（ほんとうに主がいて、全てを掌握している。たまたま道で会ったりするとものすごくたいへん）、だれかといっしょに旅先の宿で行くくらいか。

　なので、主に米ぬか酵素浴に行くくらいになってしまいました。体力も落ちたのでしょう！

　でも今流行りの「サ道」[*3]、昔、極めたからわかります。

　あの時間、知り合う人たち、もれ聞く会話。みんなひとつの楽しみの中にあるんですよね。

　結局、この忙しい日常で心を逃すところが酒か風呂しかないなんて悲しいものだなと思うけれど、江戸時代もきっとそうだったんだろうなあと思います。

　日々私はぬか風呂から頭を濡らしたまま街に飛び出し、「あの人、熟女風俗かな」と思われながら、うわあ、光がきれい、外は涼しい、風が気持ちいいなあ、とごきげんに歩いているのであります。

美しい雲

◎どくだみちゃん

星空

毎日のようにいっしょに温泉や健康ランドに行っていたから、
ピロココ[*4]の裸は遠くからでもすぐわかる。
今でも、もしいっしょに温泉に行ったら、すごく遠くてもわかるような気がする。

欲情するわけでもなく、「何か服を着て！ 落ち着かないから」でもなく。

ああ、ピロココちゃん、サウナに入った、私も入ろうかな。

そんな感じ。裸は風景の一部。


あれは確か和歌山だったか？　和歌山のわりと田舎の宿だったと思う。

あの子がいっしょなら、どんな仕事でも怖くなかった頃。

仕事の帰りに泊まった温泉で、ピロココちゃんが「見てください、このお腹、ああ醜い醜い」と自分のお腹の肉をつかんで言った。

こんなにかわいいのに、そんなこと思うなんて、私のこの目とピロココの目を取り替えてあげたいわと私は思った。

若くてぷりぷりしてて、その笑顔やすてきな声と同じように、彼女のお腹もかわいいだけというふうに私には捉えられていた。

私はわがままだし、すぐ全てをすっ飛ばしてメモとか始めるので、あと、ここに行けば取材ができる！　となると人のつごうなんて見えなくなるので、
自分がお金を払ったり、有利な関係でしか

旅ができない偏屈者。

　もちろんピロココとだって、そういう関係だった。

　お金で買った関係。でもほんとうに心からいっしょになにかを目指していた関係。上司と部下でも、適材適所。職場の友っていいものだ。

　でも、あの夜、星を見上げていたふたりの、たっぷりご飯を食べた後なのに、痩せたいよねえと言っていた顔を。

　うわ、星がすごいですよ、先生。

　ほんとだ、目が疲れるくらいだね、という会話を。

　神様がもし見ていたら、あなたたちはどっちも若くて身体はぴちぴちだよ、なによりもそのうちこんなふうにいっしょにしょっちゅうお風呂に入ったりできなくなるんだから、
　今の幸せがいちばんだよ、だいじにしなよって教えてくれるだろうと思う。

　ふたりともかわいいよ、とてもいい子だよって。

近所のおいしいお店のかわいいメニュー

喜美松のはし袋♡

◎ふしばな

○楽の謎

那須にはなかなか大きな露天風呂がない。

大丸温泉旅館くらいのかなり上の方に行くと、川と露天風呂が一体となった足の裏が超痛いすばらしい宿があるのだが、下の方の宿の風呂はわりと小さめである。

しかしこの高級旅館の露天風呂は、ほんとうに広い。

立ち寄り湯もあるので、すごく嬉しい。

この宿はそもそも、大学時代の友だちが双子を産んで、どこの宿でもなかなか子連れはむつかしいけれど、ここはお風呂が広いからあまり問題にならないし、なにより子どもにもフレンドリーなんだよ、ごはんも創作料理とかではなくて、素朴な温泉旅館の懐石の雰囲気を残してるんだと教えてくれたので、子連れで行ったのが始まりだった。

その頃はちょうど宿にとっても過渡期だっ

たのだろうか?

ていねいに作られた懐石料理は少し古めかしかったけれど、確かにおいしかった。お風呂もだだっ広く、まだ女湯に入っていた子どもがすごく喜んだ。

これから先、どんなに子どもと仲が悪くなろうとも、あの温泉でレストランごっこをしてふたりでゆだるまで遊んだことを思い出したら、許せるだろうなと思う。

しかし、仲居さんがものすごかったのである。

年の頃は六十代後半。超ヘビースモーカーらしく、歯が真っ黒で、爪も黄色くて、全身がまるで「今吸ってる最中でしょ?」と言いたいくらいたばこ臭かった。彼女が部屋を去った後、自分の服が臭いというくらいなのである。彼女が用意した浴衣がすでにものすごく臭い。

食事を一皿ずつ持ってきてくれるのだが、毎回「合間に何本か吸ってるな」というくらいフレッシュに臭くて、彼女の置いていったお皿がいちいち臭いのである。決して誇張ではありません。

感じは悪くなかったし子どもにも優しかったのだが、食欲はなくなるし、会話をするたびにあまりの臭さになにがなんだかわからなくなってしまうし。

そんじょそこらのヘビースモーカーでは、ここまでにはならないと思う。あれはもうニコチン中毒のレベル。そんな人は接客業についてはいけない。スナック以外では働けないと思うくらいだった。

映画「万引き家族」[*5](注、ネタバレあり)

への感想に似てるんだけれど、そういう人たちの存在を否定するわけでは決してない。そういう人たちというのは「貧困」を意味しない。つまり「ここまでたばこを吸っていたら、接客業はむつかしいかもな」と自分でわからなくなってしまう人たちのことである。「さらってきて、こき使っていてもそれなりの愛情のようなものはあるんだよね」という言い訳にすごく似てる。

だからこそ見ないようにしているものの分量と、生活パターンはあの映画のように一致していてほしい。「しかたなかったんだろうなあ」という感想を得て、社会と人生について考えることができるから。でもこのケースだと、その高級な宿に支払っている自分にしては大金についてつい考えてしまい、最終的には臭さで「宿の経営者はなにを考えてこれほどの人を雇ったのだろう？　だとしたら、もっと安くしてほしい」としか思えなくなった。

「もしまたあの人に当たってしまったら」と思うと、どうしても気持ちが沈んでしまい、それから十年くらい行かずにいた。

しかし先日、高齢のおじいちゃんを連れていくからあまり遠いと移動がきついなどなど、いろいろな状況が重なって、その宿を再訪したのである。

全てが変わっていた。

働いているのはみんな若い人で、てきぱきしていて賢く、さわやかだった。もちろんだれも臭くない。

部屋食でなく食事処ができていて、その個室でゆっくりごはんを食べることができる。

おそうじの人から、お運びの人までみんなきちんとあいさつをしてくれる。館内も心なしか昔よりも清潔である。

古いところは古いままだが、清潔なので全く気にならなかった。

ごはんの内容は昔よりも若干創作料理寄りにはなっていたけれど、ちょうどよい量でなおかつ地元のものを使ってしっかり組み立てられていた。

むしろ現代では好ましい流れであった。お米の炊き加減も絶妙で、そうとう工夫しているということがよくわかった。

そして、それだけの条件がきっちりと整ったとき、初めて、あの大きな露天風呂のすばらしさがしっかりと迫ってきたのである。

宿ってトータルで見るものだし、いい状態を維持するってなんてむつかしいものなんだとしみじみ思ってしまった。

かなり混み合っていてもそれぞれが思うように気にならずに過ごせる広さ。

大きな木々に囲まれているので、常に風が渡っていく。そして湯の表面がきれいに揺れるのがとても幻想的。

湯に信じられないくらい大量の葉っぱが落ちているのも、まるで山奥の湧き水の中にいるようで、全然許せる。これが源泉掛け流しの力。循環だとそうはいかない。全体が奇妙に人工っぽくなる。

硫黄泉ではないので当たりも柔らかくて、まるで薄い乳白色の湖にいるような感覚を味わえる。

それって、ごはんが臭くてつらいとか、帰りがけの仲居さんたちに風呂で出くわしてしまうとかいう悩みがないからこそ初めてよく見えてくる、宿を舞台にたとえるといちばん大事な一幕みたいなものなんだなあ。

それはこの宿だけの話ではなく、仲居さんが臭いとか、訳あり風すぎるとか、帰りは風呂に入って帰るから裸で出くわしてしまうとか、仲居さんのための洗面用具が棚にずらっと並んでるとか、そういう宿はそういう宿でいいところがあるから、やはり否定しない。なにより気楽だし。

でも、この世はやっぱりバランスがだいじだと思う。値段とのバランスさえよければ、不潔でなければ、全然気にならない。

いったいこの十年の間に現場でどんな改変がなされたのか？　代が替わったのか？　だとしたらどういう順番でなにを新しくしていったのか。それがどんだけたいへんだったのか！

ものすごく気になってインタビューしてみたいとさえ思ったが、今働いている人たちが真摯でいっしょうけんめいなのは、きっと一度やばい状態になったからなんだろうなと思い、その笑顔が今後も保たれることを願った。

玄関でお見送りしてくれるのはもちろんありがたいことだけれど、それを「やらなくちゃな、よっこらしょ。これが毎日っていうのはほんと大変」（絶対大変だろうな、とわかっているだけに）というのが伝わってきちゃうともうだめなものなのだ。

おっ、お客さまが帰る、お見送りして当然！　そういう気持ちがその人たちの体にしみこんでいないと、できないもの。

宿の人と話して「あ、この人頭の中にちゃんと芯がある」と思えたら、その宿はいい宿だ。その芯（知性とか判断力とか人間力とかの芯）さえあれば、「臨機応変」ができるし、なによりも人を雇うときに人材を見極められるから。

◎おまけふしばな

よく温泉宿で「虫さんも葉っぱさんも温泉が大好きです。もし気になるときは、この網でそっとすくって出してあげてくださいね」という注意書きとでっかい網を見る。この間夫がぽつりと言った。

「虫さんはともかく、葉っぱさんは特に温泉が大好きではないと思う」

ほんとうだなと思った。

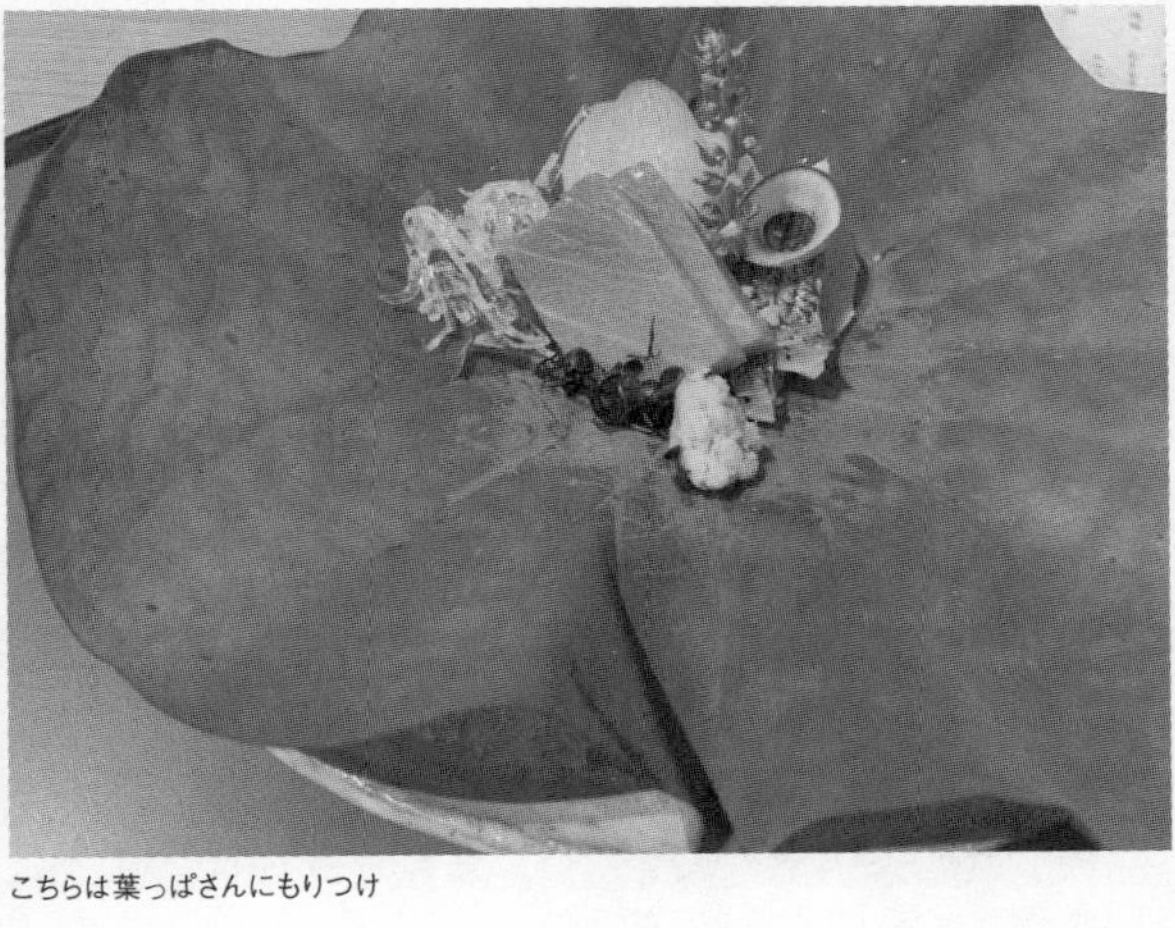

こちらは葉っぱさんにもりつけ

欠けているスパイス

◎今日のひとこと

前回書いたので、流れで触れてみます。

今さら観たんですよね、「万引き家族」。あまりにもみなさんの演技がうますぎて、監督の解釈さえ超えていくくらい。もはや演技合戦を見たかのような味わい。

観てない人ももちろんたくさんいるでしょうからネタバレは少々にしておくとしても、生涯心に残る映画であったことは確かで、是枝（裕和）監督の持ち技ここに極まれりという感じでした。

なんていい映画だろう、すごい映画だ！と思い、一週間くらいはこの映画のことばか

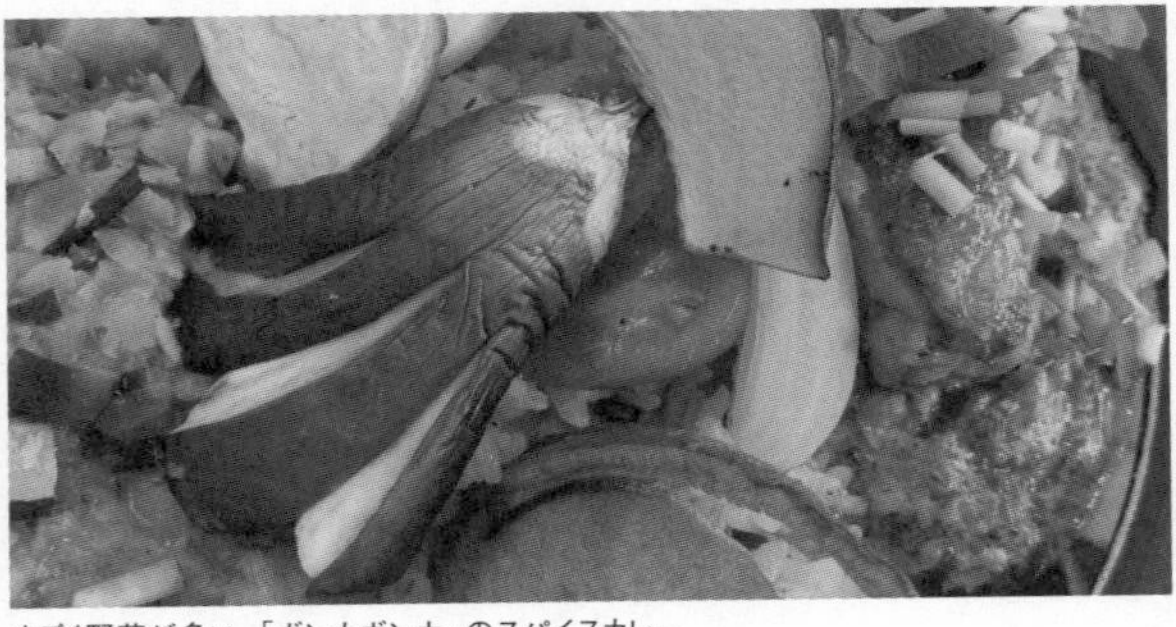

すごく野菜が多い、「ボンナボンナ」のスパイスカレー

り考えていました。
このDVDのジャケットを見ただけで、泣けてしまうくらいです。

きっと一生、自分の子どもの頃の思い出であるかのように、樹木希林さんの足のぬくもりや、安藤サクラちゃんの裸の背中や笑顔や、海の中で触れるリリー・フランキーさんの体や、そういうものを思い出すんだろうと思いながらも、私は思ったんです。ここが私をダメ人間として生きさせている部分だとわかっているが、やはり私はもうひとスパイスほしいんだ。

現実を虚構に、虚構を現実に変えるのはいずれも同じ。

しかし、私はもっと、ありていに言えば、生まれながらにしてなにかがバブリーなんだな、そう思いました。

この苦く切ない後味を、この現実の重すぎるほどの重みを（その頃、ちょうど私には金銭的なある重みがのしかかっていましたので）、「しかたなかったんだよね」ではなく、もっとバブリーにファンタジックに解決したいんだ（これが私の最大の才能であり、最悪の部分でももちろんあります。書いてるほうにはわかっているのです）、ちびまる子ちゃん世代なんだよなあ、そう思いながら魔法のようにたどりついたのは、「夜は短し歩けよ乙女」[*6]でした。

いずれの映画も「愛」はさほどない、元気もない、夢もあるわけではない。でも、ここのほうが息がしやすいんだよなあ、と半分ファンタジー小説家である私は思うのでした。

私のような、こういう現実逃避型の人が命をかけて「トイ・ストーリー」とか「アドベンチャー・タイム」とかを作っているのでしょうね。

このスパイスが、どうしてもほしかったんだ。現実はきついし、そのきついなかにちょっと咲いているものも、いずれにしたって役者さんがやったら少しだけすてきすぎてしまう。だからこそ、こういう行きすぎたファンタジーのような感覚が、むしろ人生を救ってくれる。

まるで飲み干すようにそのエッセンスを受け取りながら、私はなんとなく「叶姉妹も、きっとこう思ってると思うな」と意味なく言い、あははと笑いました。

「ボンナボンナ」のえのきステーキ

◎どくだみちゃん

倉庫

芝浦インクスティックに行って、帰りにジュリアナを見物に行って、香月（当時あった、油の薄いほう）でラーメンを食べて明け方に自分の部屋に帰っていたのだから、充分満喫していると言いたいけれど、裏原宿のクラブにもゴールドにもカルデサックにも（一回ずつくらいは行った、人に連れられて）縁のなかったオタクな私。

みんなそんなふうに一生生きていけるはずないじゃない、と普通に思っていた。

こんなこと、長く続くはずがない、なんでわからないの？　と思っていた。

今でも銀座のクラブなどにたまに連れていかれると、ケツがひやっとする。ケツの毛をむしりとられる気配の満ち満ちた場所なので、自分のお金でなくてもひやっとするのだ。

「私も一杯いただいていいですか？」と聞かれて、一瞬さいふが浮かぶような人はいちゃいけない場所だから。

私にはそんな趣味は幸いなくてお金の面で助かったけれど、ホストクラブに通いつめたりしたら、毎日嗅ぐ匂いなんだろう。

カードにサインをするときに「えいっ」と思う、高揚する買い物はしないほうがいいと、肌で学んだのもその頃だっただろう。

落ち着いてサインをして、商品をお店の椅子に座って待っている間も静かな気持ちで、嬉しいなあと思う買い物しか、もうしなくなって久しい。どんな小さなものでも、そうやって買うとちゃんと家になじんでくれる。

服とか、失敗は限りなくしますけれどね。

勉強代！　と泣く泣くサイズ違いを手放したり。

それだけわかっていたのに、あの頃、貯金はしなかった。

この金を貯金したら命を落とす、その直感については何回も書いたけれど、私が今も生きているのは、病気もしていないのは、貯金しなかったからです、お金を使って勉強したからですと言って、信じてくれる人はどのくらいいるのだろう？

でもそれは真実なのだ。

「あなたがそう思い込んでいるかぎりは真実」という類の真実ではない。

この世の真実。


それでもあのとき、浮かれた人たちと、これからもお金に困ることは一生ない（そんなことあるはずないだろ）と思い込んでいる幸せな若い人たちと、倉庫の間を吹いていく風の海の匂いを嗅ぎながら歩いていたのは、とてもいいことだった。倉庫の間を抜ける港の風には、なにか刹那的な美しいものがあるのだ。

体にぴったりの服を着て、ちゃんとお化粧して、ヒールのある靴を履いて、
帰ったらぜ〜んぶ外す、イヤリングもすぐ取る。

そして熱いお風呂に入って、犬と寝る。

あーあ、いつかほんとうにいっしょに一生暮らす人とめぐりあえるのかなあ？　今の彼がそうだったらいちばん幸せだけれど、そうではなさそうだって、自分がいちばんよく知ってるよなあ。

別れなんて考えたくないから、今できるかぎり仲良くいよう、なんて思ったりして。濡れた髪のまま、いつのまにか寝る。

それはそれでなかなかいいものだったのかも。

クミンとタマリンドのデザート

◎ふしばな　ある別れと考察

その人のことはとても好きだった。センスが良くて、モデルのように細〜くて美しかったし、偏っていたし、賢くて話が面白かった。

あるときその人は自殺未遂をして、その直後に電話がかかってきた。

未遂というだけのことはあり、死ぬ気はなかったようでちゃんと生きていた。そんなときに電話をくれるなんて、仲がいいと思ってくれているんだなあと、てきとうにしか彼女に接してこなかった私はちょっと反省した。だからそもそもめったに会うことのない、知り合い程度の人だったけれど、縁を切らなかった。

でもその人がお店の人を見下すようなしゃべり方をしたり、気さくで気楽なお店を「なんでもある安っぽい店」とか「まあまあの店」と大声で言うのは好きになれないところだった。

骨の髄まで下町育ちな上に、「真の下品とはなんぞや」というのを他のなによりも、文学的なこと以上に親にたたきこまれていた私だからだ。

「なんとまあ、下品なことを」といつも思っていた。

でも親でも友だちでもないので、特になにも言わなかった。

その人はこちらがごちそうする場に何十分も遅刻してきたり、人を紹介してもかなり雑に扱い失礼をしたりするので、ううむ、この人とはなんとかして別れたほうがいいなとずいぶん前に思ったのだが、きっかけを失ってしまった。

というのも本人にはまるで「悪気」がないからである。

悪気があれば、「なんてことしてくれるんだ」で離れられるが、ないから話題にもできないのだ。

気づくのはいつも「ご紹介いただいたあの方なんですけれど、申し訳ないですがうちではもうお断りしました」とか、「せっかくのご縁ですけれど、うちがお気に召さなかったようで」などと、紹介した側から言われて後から知るだけだから、ますますどうにもならぬ。しかも悪気がないから、私のブログなどで見た店やサロンを「個人的な友人として紹介してくれ」と次々言ってくる。

気持ちが重いなあとずっと思っていた。

美人界にとても多いパターンなのだが、まず自分のお金を出す気が全くない。そして周りの人たちはみんな自分のためにいると思っている。自分がその人たちを使いたいだけ使っていい、なぜなら自分はそれだけ価値のある存在だからという感覚を「ナチュラルに」持っているのだ。

しかし変なところがピュアで（くだんの電話のように）、いっしょうけんめいなにかをしてくれたりするところもあるので、嫌いにはなれない。

残念ながら、仕事ができる男は必ずこの匂いを嗅ぎ分ける。なので男は彼女たちを恋人や愛人にはしても、決して伴侶にはしないのだった。

彼女はその素直な面が幸いして素朴な美しい愛情を持つ男性を伴侶に迎えることができて、それはほんとうによかったのだが、たいていの場合、お金をやたらに使う妻を基本的に男性は憎む。自分が外に出ていることへの復讐と捉えることが多いからだ。

真に仕事ができる男は、ブランドものが好きだったり、作った高価なもの（ほんとうはハンバーグや肉じゃがを作ってほしいのに、ラム肉のソテーとかシーザーサラダが毎日出てくるような状況）をくまなくみっちり食べないと怒り出す女とは実は結婚しない。それを嗅ぎ分ける男の力にはいつもほれぼれする。

ふだんあんなにセクシーさとか美人さだとかを求める男たちがなぜそこでは決してゆらがないのか、不思議でしょうがない。やはり実の母の力なのか。

これら全ては価値観の問題なので、「住んでる世界が違うな」で済むことで、実害がないなら別に否定することもない。だから実害がある場所にいなければよいだけだ。

あるとき、私は「今だ！　千載一遇のチャンスだ！」というタイミングを見つけ、まるでルアーを操る釣り人が一瞬で魚を釣り上げるように、別れのチャンスをつかんだ。

「私たち、合わないね、もう会うのよそうよ、いやでいやで聞いてらんないし、そういう悪口」と私は言い、「私も最近そう思ってた」とプライドの高い彼女は言い、私はその場から文字通りダッシュで逃げた。やった、やっとできた！　そう思った。自由のすばらしさを全身で感じた。女でプラトニックな私がこう思うのだから、男だったらどんなにたいへんなんだろう。男に生まれなくてよかった。いや、男だったら他の面でいい思いをしてるんだから、大丈夫なのか？　そこは未知すぎて謎だが。

逃げることができたので言えるのだが、美しくて、センスが良くて、周りにつきしたがう男女がいるようなそういう人材というのは、この世には必要な徒花のようなもの。よってお金もそこそこ回ってくるだろうし、どうか咲き続けてほしい、と願う。

遠くで眺めるだけでいい、私は。私は地味に小説を書いていたいだけなのだから。

そこでひとつの指針を見つけた。ヴィトン

なり、エルメスなり、数十万円のバッグを「買ってあげるよ」と言って、喜んでただささらっと受け取りそうな感じの人とは、決して近づかないようにするといいというのを基準にしたらいいんだ。

もちろん買ってあげないんだけど、頭の中だけでの話だけれど。

もし自分がそれをした場合に、ていねいにお礼状を書き、なにか高価なものをごちそうしてくれたり、およそ半額程度のお返しをしないとお尻がもぞもぞするような、そんな人たちとだけ生きていくのが、この自分の小さい器の中では、しっくりくると。

ただ受け取って後で「ちょっと好みの型と違ったから、売って買い直す」と質に入れるような感じの人や、先日のお礼にと言って八百円くらいの菓子折りをひとつだけ送ってくるような感じの人にはもう近づかない。たとえどんなに感じがよくっても。

先日も大富豪の美女に出会ったので冗談で「そんないい立地にお住まいならぜひ私たち家族を『〇〇』（その温泉地帯でいちばん高級な宿）に招待してくださいな！」と言ったら、もんのすごい真顔になったので、やばい、この人はアレだ！「してほしいさん」だ！と思って、以降会うのをやめた。

ちなみにこの冗談は、「下町ジョーク」と呼ばれる定番のもので、下町では「この場だけではあんたも私も対等だよね」というのを表すためには言わないと失礼にあたるくらいの感覚で、万が一ほんとうに温泉に家族で招待されたりしたら、ほぼ同額の封筒をお渡しするのが、私そして下町の世界のルールである。貸し借りが嫌いなのだ。

　なので、最近は「む、これは美人、己《おのれ》てっぺん界の人、しかもケチだ」と思うと、最初からダッシュで逃げるようにしている。私にはしたいことや養うべき人たちがいるので、かかわりたくないという顔をしながら、後ずさっていく。

　これは、愚痴でも文句でもない。ダメージを食らったわけでもない。ただの考察のシェアである。このような人材がこの世には複数、いやもっとたくさんいるとわかったので、対策他、しっかり考えてみた。

そしてチャイ

カネカネカネカネ言いやがって～（スーパーミルクチャンの名セリフ）！

◎今日のひとこと

ローンの額のあまりの大きさに（全ての人に『借金があるので無料の仕事はできません』『公の場に名前を出してしまう無料のお仕事は現金払いの脱税を疑われてしまうので、お受けできません』↑これは会計士さんの本気の指導で、昨今の個人事務所の真実です……と言っていたら、だいぶノーギャラの依頼は減ってきて嬉しい）、ビビリ気味ではあるのですが、自分がほんとうに望んでいる生活についてよく考えます。

あくまで「ほんとうに」「心の底から」で

ハロウィンの頃に近所にあった

す。

流されてるからこうしてるのかな、いや、これはしたいことだ。みたいな感じで、ひとつひとつ、考えてみるのです。

たとえば、今、借金がなく、お金が潤沢であったとしても、私はきっとチャリに乗って近所のスーパーに走り、今日いい食材や人々を観察するのをやめないでしょう。そうして野菜や肉を買ってきて、さっと調理して食べることを、動けるかぎりはやめないでしょう。好きなことだから。

毎日シャンパンではなくスパークリングワインで充分だけれど、添加物が多いノンアルコールビールは（毒だからではなく甘いから）やっぱり飲まないでしょう。

大好きなブランドたちの服や古着はやっぱりしょっちゅう買ってしまうけれど、たかが知れていて、クローゼットのドアが破裂するほどには買わないし、服のために倉庫を借りたりもしないと思います。

ひとり二万円以上のレストランにも、全く行かない気がします。

ヨーロッパに仕事で行くならビジネスクラスを使いたいですが、遊びで行くならエコノミーで全く問題なし。そのお金を一泊延ばして、時差ぼけや疲れをとるためのホテル代にします。その考えもお金の問題では変わらない気がします。

友だちや愛する家族にプレゼントするものも、ごちそうするのも、「これが似合う」「これはあの人に」「これ、あの人好きなんじゃないかな」と思うものがあまり値段を考えずに自由に買えたら幸せで、もちろんそれはそんなに高いものじゃなくっていいのです。

そこから逆算していけば、自分に「一生」ではなく「ここ数年」必要な年収はわかるような気がするのです。

それだけあれば幸せならそこに向かってこつこつ働き、足りていれば幸せと思う。それでいいのではないかと思います。先のことは誰にもわからないのですから。

逆に、それ以上を求めたときに失うもののことを、現代人はなんで考えられないんだろう？　満腹のときにステーキを見せられたらいやだと思うし、超空腹のときに目の前にいるおばあさんにラーメンをゆずってあげられるかというと、満腹のときよりも抵抗感があるだろうし。お金だってそれと全く同じことなのに、と思います。

那須の木々

◎どくだみちゃん

同じ表情

わからないことがあったら、アドバイスしますよ。

ほんとうにいつでも呼んで、節税について

も教えられることがあるから。

その人は私にどれだけお金があると思っていたのだろう。

貯金ゼロではない。でももちろん家を買ったあとなんだから、お金はない。数千万でもないし、数億でもない。もっと少ない。

赤字経営でなんとか回して、税金を減らすのが節税っていうくらい。

そんなに儲かる仕事ではないって、わからなかったのかもしれないね。

通帳や書類を見ているうちに、みるみるうちに彼の顔が曇っていった。

「あてがはずれた」と顔にはっきりと書いてあった。

そのあとも何回も笑顔で会ったけれど、あの表情が頭から決して消えることはない。

パスワードはこちらでは把握してますけれど、お伝えするわけにいかないので、身分証明書を見せていただければ、郵送の手配をします。

お手数おかけしてごめんなさい。

いえいえ、お子さんがうんと小さいときに作った口座ではよくあることですから、いいんですよ。これが我々の仕事です。

にこにこしててきぱき進めてくれた窓口のその人が、

「ところでこのうちのいくばくかを、定期にしていただけませんか？」

と言った。

入学金で入り用なので、それはできないです。

そう言ったら、笑顔がすっと消えた。そしてそのあとは一切笑わずに手続きが終わった。

私のお礼の笑顔だけが、空中に浮いたまま悲しく残った。

そのふたりは、ケースは違うけれど全く同じ目をしていた、そのとき。

あの顔を、私が一生、どこのだれにもしませんように。

たとえば月の砂漠の向こうの国の大きなお城を持つ一族のお姫様とうちの子が結婚することになったとして、

あ、でもこのお城もう借金のカタに取られるんです。うちの一族は裸一貫ですよ、

と言われたとしても、決して私があんな目をしてその人たちを見ない人間でいられますように。

永井誠治さんのいす

◎ふしばな
だるい人

人生にはいろんな恥ずかしいできごとがある。

その中でもかなり言いわけがきかないものというか、しょうもないものがある。

大学生のときのことだ。

私の実家には、いつもお世話になっている天才的な電気屋さんがいる（今も存命で現役だ）。たいていのものを直してしまう人で、時代が変わってもその知識と技術は変わらない。その人の力によって（中古のTVを安くばんばん回してくれた）、実家にはひとり一台プラス控えのゲーム用TVがあった。

その人はその日も何かを修理しにきてくれていたらしいのだが、私は帰宅してそのまま二階に上がり、自分の部屋でレポートをひとつ書き終えてから初めて階下に降りたので彼が来たことに気づかなかった。

あまりにも親しいのできっと、庭仕事をしていた父が庭で出会って招き入れたかなにかで、ピンポンを鳴らさなかったのだろう。

私はレポートを書き終えた解放感で、大声で歌を歌いながら階段を降りた。ジュースでも取りに行こうと思っていたのだろう。

余談だが……今回のテーマなので書くと、大人になって初めてわかることなのだが、何かを修理するのも、なくなったジュースを補充するのも、みんなお金が必要なのだ。ジュースは無限に出てくるわけではない。でも子どもというのはいくつになっても、冷蔵庫にはいつでもなんかあると無邪気に思っているわけで、とても幸せなことだ。

その幸せを再現したくて、人はあんなにもお金が欲しいと思うようになるのかもしれないなと思う。

私がそのとき歌っていたのは、当時のムーンライダーズの新譜からの名曲「だるい人」[*7]。社長が来るところなんてもう最高！

私は、大きな声で、気持ちよく、

「できればな〜に〜もしたくな〜い
金さえあればの、しじゅうだい〜

ああ金がほしい〜

じゅうがほし〜

なに〜もした〜くな〜い」

とはっきり歌って、ドアを開けた。

そこには、言い知れない表情を浮かべた電気屋のお兄さんが立っていた。

そしてかわいそうなものを見るような目で私を見た。

「ああっ、はるきやさん、こんにちは」

と言ってみたものの、彼の目が語っている、そのなんとも言えない雰囲気は決して消えることはなかった。

佐久の「地球絶滅適用探知センター」の不思議な階段

出会ってくれて、ありがとう

◎今日のひとこと

密室殺人の壮大な夢を見ていました。

ある館に集っている二十人くらいの人が、次々殺されていくのです。

最後に部屋に残った十人の人たちの中で、知り合いは四人。

急にとなりに座ってきた女性と、向かいにいる十五歳くらいの女の子があやしいなと思っていたけれど、近くに来るのをうまく断る理由もない。

私は夢の中で泣きながら大きな声で全員に向かって言ったのです。

佐久の空

全員に言っているというていだったのですが、実はその女性と女の子だけに向けて。

「殺してくれてもかまわない。もし死んだらここまでだと思うだろう。人生に悔いはない。でも、私にはまだ書き終えてない小説がある。読者は百万人くらいいる。そして私の本で命を救われた人が最低でも三十人はいる。だから今死ぬわけにはいかない」

自分でもびっくりして思わず起きてしまいました。

ふだん全くそんなこと思ってないのに。

義務感も使命感もほとんどなくて、実は旅もあまり好きではなく、家族がいちばんだいじで、近所をうろついてごはんでも食べたらものすごく満足する、こんな小さな生き方なのに。

私のどこかにはあの気持ちが住んでいるんですね。

そしてこのメルマガを読んでいる人にはおなじみの設定ですが、その部屋にいるとき、犯人とおぼしきふたりの女性とは別に、そして夢に出てきている実際の知り合いとも別に、夢の中で知り合いと思っている日本人の弱々しい若い男の子がふたり、となりと部屋のすみにいたのです。

目を覚ましてとなりを見たらあったミニレヨネックス[*8]。中にある二極のアンテナが彼ら。

「やっぱりほとんど役に立ってない　笑、でもやっぱりいてくれたんだ」

そう思いました。

「按田餃子」のランチ

◎どくだみちゃん

スピン・ザ・ブランニューライト

九十二歳になるおじいちゃんが、駐車場からゆっくりとコーヒー専門店に向かって歩きながら、いつも言う。

じーじ「コーヒーなんてそんなに味は変わらないですけどね。うるさいやつはいるんですよ」

私「じーじの息子さんこそがそのうるさい人のひとりですよ」

じーじ「昔南洋漁業の船に乗っていた人が、新潟でコーヒー専門店をやっていてね、僕がこういうとすごく怒られてね」

この会話、すでにもう四十回目くらいなのです。

じーじと私の十八年の歴史の中で。

じーじは最初フリスビーや卓球をいっしょにしたり、遊園地で激しい乗り物に乗って一日遊ぶほどだったけれど、最近は少しずつできることが少なくなっていく。

切ないけれど、切ないと思ったら負けだ、そんな気分でいた。

晴れた午後だった。

のんびりとカフェのソファー席に座って、戦争の話を聞く。

満州でロシア人にどれだけ理不尽な暴力を受けたか。でもウクライナ人でほんとうにいい奴がいたのを今でも覚えていること。

帰ってきたとき、世話になったおばさんの家が西式健康法をやっていたので朝ごはんが食べられなくてつらかった、痩せすぎて電車で隣の人の体温を感じるくらい体温が低くなったくらいだが、今は朝ごはんは食べない方が体調がいいので、あれを習慣にして結果よかったという話。

これまた五十回目くらいの話である。

忙しすぎた頃の私は、その話をたまにスマホを見ながら聞いたりしていたんだけれど、そのときは、のんびりと外を眺めながら、ただ聞いていた。

目の前には青い空と、「しまむら」のロゴ看板と、ＣｏＣｏ壱番屋のドライブスルーの窓と。

特別いい景色でもないし、いつもの話だし、でもおじいちゃんは生きてる。今ここに生きてる。嬉しいなあと思いながら。

昔の私だったら、「もうすぐいっしょにいられなくなるかもだから、聞いておかなくちゃ」と思っただろう。でも、親を亡くしてからそういうふうに思わなくなった。そんなことを考える余地がなくなったのだ。ただいられるときに後先考えずにいっしょにいたという事実以外になにも人を救うものはない。

「やっぱり、母親は子どもが大きくなるまで生きてないと、だめですねえ」

七歳のときにお母さんを亡くして、あずけられたり新しいお母さんが来たり、いろいろあったじーじが初めてそう言った。

あれ？　これは初めての発言だ、と私は思った。

そしてじーじは言った。

「ここのコーヒーは確かに少し違いますね。苦味だけではなく、深みとか酸味とか甘味とか、複雑な味があって、確かにおいしいですよ。自分でいれると、どうしても苦味だけになっちゃってね」

これも初めての発言だ、と私は思った。

「いつもはドリップバッグだからだよ」

と夫が憎まれ口をたたく。

笑いながらも、私は感動していた。

今日、初めてがあったことに。

じーじ♡

亡くなる前に父は「お年寄りっていうのは同じことばっかりくりかえしてたまんねえなって思われてるのはわかってるんですよ。でも、自分でもどうにもならねえから」って言っていた。

「うん、このコーヒーはおいしいです。苦味だけじゃなくてね」

おじいちゃんはもう一回言った。

その全部を、頭ではなくて、この体で覚えていたい。

そう思った。

◎ふしばな

語学について

どうしてこんなにも、語学ができないのか(勉強全般もできないけどさ)。

それについてたまに真剣に考える。

これだけ外国に行ってるんだから、ひとつくらいはしゃべれてもいいはずなのに、なぜいつまでたっても片言なのか。それはある線を越える気が私に全くないからだ。

そう思う。

昔、少しだけイタリア語を教えてくれたアレッサンドロくんがこう言っていた。

「イタリア語を話せるようになりたい人が、自分が日本語を習得していったのと同じ方法で、必ず実践で少しずつ覚えていくから、文法はそんなにやらなくていいって言うんですけど、そんなことってありえなくないですか？　だって、文法がわからなかったら絶対話せないじゃないですか？」

そのときは、「使っているうちにやむなく

覚えていくっていう側面もあるのかもしれないからなあ」くらいに思って聞いていたけれど、年齢を重ねるごとに、じわじわとその疑問の真実がしみてきたのだ。

　ほんとうだった。文法が理解できていなかったら、話せるはずがないのだ。あたりまえのことなのに、なんでほんとうにはわかっていなかったのだろう。

　引っ越したら微妙に遠くなってしまった英[*9]会話教室に行っているひまがなくなったので、本を買ってきて自分で勉強する。そうすると、本のことだけは自分が専門家だということがわかる。

　本を作っている人の考えと合わないと、全然上達しない。

　考えが合わない本で学ぶと、単語を覚える以外には永遠にやっていてもだめだと確信できた。というのも、疑問を持つところにちょうどよく解説がなされていないので、いつまでたってもわからないままになってしまうのだ。

　そして英文法は英語で学んだ方がいいっていうこともわかってきた。

　日本人的に一回転した解釈で文法をとらえても、むつかしいだけなのだ。

　しかし英語で学ぶ英文法って、語学力がしょぼいだけに限界がある。

　そんなとき私を救ってくれたのは「イメー[*10]ジを持つ」ということを徹底して教えてくれる大西泰斗さんの本であった。前もおすすめのところで紹介したけれど、これを一冊本気で読めば、英語というものがなんであるのかの基本のところがわかるのである。

そして英語の基本が本気でたたきこまれれば、きっと他の語学に関してもわかるようになるはず！　と思いながら、忙しいので毎日一行ずつくらいしか勉強できない。

どうせそんなに長生きしないんだし、仕事で行くときはだれかが訳してくれるわけだし、いいじゃん、勉強なんてしなくても。

もちろんそう思う。

死ぬまでにしゃべれるようになる確率も低いだろう。

でも、そういうことではない。頭の使い方を学んでいるのだ。筋道を知りたいのだ。ちびちびと這うように、覚えては忘れをくりかえし、全く意味がなくてもいい。

そう思えたとき、この世の学びのすべてのすばらしさがますます迫ってくる。結果を求めているのではない。道が楽しいのだ。

いちばんだいじなのは、合う先生、合う考え方を見つけること。

その初期投資だけは（山盛りのムダな先生や本があるから見極めて）、決して惜しまないこと。

これにつきるなと思う。まだ習得してないけど。

地元文京区のイタリア料理屋さんの中の大木

笑っちゃうこと

◎今日のひとこと

そのときは笑えなかったことでも、後で考えるとぷっと笑ってしまうようなことってありますよね。

父が溺れたとき、意識がほとんどない父のところにかけつけてきた母が水着のままでかがみ、ものすごい大きな声で父の耳元で、

「おとうちゃん、河童の川流れね！　かっぱの、かわながれ!!」

と言ってたこと。これぱっかりはそのときもつい笑ったけど、今思い出すとあの光景、もっとおかしいです。

それも、両親があのあとまだまだ生きるっ

那須で食べたヒレステーキ（お店の名は忘れた）

て今は知ってるから笑えるんだけれど。

近所のおばあちゃんが、

「この植木はデリケートだから、私以外が水やりすると枯れちゃうのよ」と言いながら植木鉢を見せてくれて、

「これは、何千年前の植物の種が残っていたのを、○○大の先生が発芽させて、そこから分けてもらったの」

と元気な植物(なんだったか忘れたけれど、つるがあったのでマメ科?)を見せてくれて、私が、

「うわあ、それじゃ枯れさせるわけにはいきませんね」

と言ったら、

「枯れたら捨てちゃうからいいのよ」

と言ってて膝がガクッとなったこととか。

原マスミさんのお母さんが、ベトナムだかタイだかに行って、首に蛇を巻いて撮った写真を見せてくれて、

「私、大きな蛇が大好きなの。触るとひんやりしてるし、飼いたいわ」

と言って、

「お母さんやめてよ」

と原さんが言って、

「あら、いいじゃない。だって死んだらそのままゴミ箱に捨てられるし」(捨てられません!)とお母さんがにこにこして言って、私も原さんもガクッとなったこととか。


みんなもう話せない人たちだけど、思い出せばいつでもクスッと笑える、幸せななにか。

私もたくさん残していきたいです。

父の横顔

◎どくだみちゃん

赤い夢

夢の中の死んだ友だちは、いつもなぜか赤いドレスみたいなものを着ている。
赤いニットのときもある。
どうしてだろう？　生前それほど赤い服が多くなかったのに。

夢の中で、あるお店にいて、飲みものがサービスで一杯ついてきた。
ビールだったか、金色っぽいカクテルだったか。
なみなみのグラスを受け取って彼女は笑っていた。

そして死の直前と同じように、言った。

「背中の真ん中が痛いの、ごめん、ちょっと押してくれる？」

私はその赤いドレスの背骨の真ん中を押しながら、思った。

「ああ、うれしい、背中を見てる。背中を見たかったんだ」

なんでそう思ったかというと、そう、死の直前の十日間、彼女の体は一切動かなくって、私は仰向けの姿しか見ていなかったからだ。立っているところが見たい、いつもみたいに背中が見たい、あのとき、そう思っていたことに初めて気づいた。

やっと会えたと私は思っていて、やっと背中を見ることができたと喜んでいて、それは切ないことかもしれないが、いい夢だった。

病院に運ぶときあわてて選んだバッグがあんまり意にそうものじゃなかっただろうこと。

衣類の山から真っ暗い部屋のなかで（電気がつかなかった）あわてて電話を発掘したから、コードをちゃんと伸ばせなかったこと。

たったひとりのときに目の前にあってお話ししていただろう、美しいトランプの王子様のポストカードを、ごたごたしていて病院に飾ってあげられなかったこと。

トイレに落ちてるはずの髪留めで髪を留めてと言われて、首が動かせなかったのでとてもはんぱに留めてしまったこと。

なにより「ここで死ぬ」って言ってるのに、無視して病院に連れていったこと。

みんな許してくれてるとわかったから。

死んだ友だち、美人!

◎ふしばな

子どもっぽいままで

友だちが死ぬちょっと前にお見舞いに行ったとき、歳下のゲイの友だちしょうくんに肩をもませてて、「もっと強く!」「こんなに肩が痛いなら家のほうがよかったわよ」って言ってて、そのときはまだ「一ヶ月くらいは生きるかもな」と思っていたので、聞いてるみんなちょっとムッとしたりして(昨日、病院に運んだりつきそったり、どんな大変だったと思ってるんだって、相手が生きてるから思える幸せなことを思って)、他のふたりは帰り、私だけが残って、

「お願い、肩を強く押して、ほんとうに肩だけなのよ、悪いのは」と彼女が言って、

「いや、そんなことはね〜だろ〜、どう考えても」

といつものように私が言って、肩をもんだ。

「もっと強く押してほしいの、肩がだるくて」

彼女が言い、

私が「でもさ、ほら、あまり強く押したら(骨転移でとは言わなかったが)骨がもろくなってるしまずいこともあるかもしれないから、このくらいでさ」

と言い、

「そうか、そうね」

とすごく納得した様子で彼女が言った。肩をもんで、熱いおでこに手を当てていたら、ぐうぐう寝てしまった。

昔から、自分は子どものままだから、なんでも投げ出しちゃうのと言っていた彼女。ほんとうにその通りだと思った。命まで投げちゃった。

あんな小さいおでこ、小さい肩で、よく仕事をあんなにやってた。でも、そんなこと言うとかんかんに怒られそうなので、言わなかった。

豚足みたいに腫れた手で、食欲出ちゃった、瓶詰めのなめたけ買ってきてって言ったり、ほんとうに、子ども。

今思うと、笑ってしまう。

PETかなんかを撮りに行って、移動と検査が痛かったらしく、廊下をしかめ面のままで帰ってきたところとか。

意識がなくなるまできっちりと子どもっぽかったから。

いっしょに温泉行って、男湯の開いてる扉の前に間違って行っちゃって堂々と裸で歩いてたり、

ベラをもらってしまって飼うのがこわいからって、揺らさないように飛行機の中も手で持って実家まで持っていってたり、

小学生でもレズでもないのに、いっしょにテレビ見てるとふつうにだらっとたればんだのようにもたれかかってきたり。そういう奴だった。

その人が思い切りその人らしく死ぬって、そのときは最高に泣けるけど、後から考えると癒しばかりだと思う。

今でも覚えている。

お正月にＴＶを見ながらごろごろ寝転んでいたら、頭の上に彼女の頭があって、つまり頭のてっぺんをくっつけあって寝転んでいて、そうしないとあの狭い部屋ではＴＶが見えなかったから。

「すごいなあ、ドバイの家そしてホテル。私もこういうところにいっぺん泊まってみたいなあ」

と私が言ったら、

「ああ、そういうのね、そのうちまほちゃん(私の本名)にはあるわよ、おっと、口が止まった。ってことはまだ言っちゃいけないってことだ」

と彼女が言った。

「そこまでダダ漏れなら言ってるのといっしょだよ」

「でも今は観てるわけじゃないから。ごろ寝してるだけでしょ」

「たしかに」

ああ、会いたいなあ。

イタリアの線路

それぞれの好みで

◎今日のひとこと

もうすぐ百歳になる、元近所のおばあちゃん。

もうほとんど寝たきりで、酸素を入れて、流動食だけ食べていました。

うちの父にもあった、トークが止まらない時期。言葉を発することで、命の最後の炎を燃やしている本能の時期。

もう会えないのかなあ、もう一度会えるかなあ。

そう思いながら、お礼をたくさん伝えてきました。

フラミンゴのタイル

おばあちゃんの気持ちは感謝と食べもののふたつに集約されていました。

お花を見せたら、おいしそうねえ！　と言っていました。

なにもかもに対する感謝と、お茶やコーヒーが飲みたい、お魚が食べたい、パンが食べたい。そんな気持ちだけが残ったおばあちゃん。


自分の身内だったら、思い切ってはちみつやジャムをなめさせたり（親にはやっちゃいました、とても喜んでいた）、お水をスポイトでちょっとずつ飲ませたり、しちゃうんですけれど、さすがによそんちのおばあちゃんにはできないよなあ。

施設の人を呼んで、まずそうなとろみつきの何かを飲ませてもらったら、おばあちゃんは、

「ありがとうございました。おいしいです」と大声で言っていました。

幸せからわいてくる対等のお礼ではなく、そう言うことで自分を必死に保っているお礼。とてもいい顔をしていました。神様みたいな。


切ないなあ。


ちょうど同じ日の夜、ＴＶで、山奥でひとりで暮らしている八十代のおじいちゃんの映像を見ました。

その方は、小さい頃お母さんが失踪して、おじさんに引き取られて仕事をさせられて、最終的におじさんに米軍に売り飛ばされて戦争に行ったそうです。おじさんはお母さんか

らの手紙も仕送りも一切そのおじいちゃんに渡さなかったことがあとでわかり、すっかり人間不信になってひとり山で暮らすことを始めたそうです。

　あらゆることを工夫してひとりで生き、ひとりで山の中で死んでいくのだと彼は言っていました。

　とてもいい顔をしていました。この人は倒れたって急に病院に行ったりしないんだろうなあ、歯がなくなってもそのまま生きてきたわけだもんなあ。

　そう思いました。

　なにが幸せで、なにが悲しいことなのか、もはやよくわからないけれど、せめてその人の望みに近い最後の時間を過ごせるような、選択肢が多いといいと思いました。

　そして人は顔に全部出るんだなと。

　そのふたりがきれいな顔をしていたことは、救いでした。

　おばあちゃんの娘も孫もたくさん海外に出て暮らしていて、みんな自由にしてほしい、

プチトマトを洗う

だから日本にいる娘にも、自分のことで時間を取らせるのがいちばんつらいと言っていたおばあちゃん。

だから今ひとりで施設にいるおばあちゃん。

これが、選んだ道なんだ。そう思ったら私の心も落ち着きました。

◎どくだみちゃん

だいすき

部屋に入っていったら、おばあちゃんは見えない誰かにしきりにお礼を言っていた。

話の内容から、亡くなったご主人だったと思う。

あなたに会えたおかげで、すばらしいことがいっぱいあった。ありがとうと言っていたから。

肩に触ったら、あたたかいわねえ、ありがとう、と言った。

そのありがとうは、わいてきた言葉。

むりしているありがとうではなかった。

ミヨさん、ミヨさんが教えてくれたことはとても大きかったです。

ミヨさんはすごい人です。

私はとても大きな影響を受けました。これからも、教えてもらったことを書いてはいろんな人に伝えていきます。

ミヨさんが大好きです。

と言ったら、もう私のことはわからなくなっているのに、お姉さんはいつも優しいから大好きよ。大好き。ありがとう。また来てね。

と大声で言ってくれた。

食べものの話の合間に。

バーニーズのパーティで出たカクテル

もう一回会えるか、会えないか。

わからないけれど、悔いはないと思った。

丸ごと見た。彼女の生き方を。

知り合ってから三十数年、欠かさずに会って、全部。

この体に、丸ごと入れた。

◎ふしばな　死に方、産み方

うちの父は誤嚥性肺炎になっていて、姉に作ってもらったどん兵衛を食べているときに倒れて、救急車に乗って、それからはもうなにも食べずに二ヶ月くらいで死んだ。

でもその死に方を防ぐためにとろみのある食事だけにしましょうと言ったら、多分絶対いやだと言っただろうと思う。

「そんな状態の人にひとりでカップ麺を食べさせるなんて虐待だ」というのも思わなかった。

最後がどん兵衛っていうのはものすごく父らしくて、私は納得している。

母は、死ぬ数時間前まで楽しくタバコを吸って、薄い酎ハイを飲んでいた。

それって最高に幸せな死に方だと思うのだ。

病院にもいないし、部屋には猫たち。

院内感染で死んだ父よりも衛生環境は悪かったような気がするが、精神的には最高だったと思う。

母は、若い頃結核になりきつい闘病生活をしたり、栄養をつけるために食べろと言われて食べたくないものを食べさせられて、食べるということが大嫌いになっていたのだが、晩年ボケてからはおまんじゅうだのだんごだの、酢豚だのサンドイッチだの、がんがん食べていた。元気だったときにはありえないことだ。

母はむちゃくちゃ偏っていたしょうもない人だったが、きっと「自分の思う最高の死に方で死のうっと」と思っていたような、そんな気がする。それが叶ってしまった強さというか。

父はそういう意味では「なんでも来い、俺はやる」みたいな感じだけで死に向かっていったので、苦労も多かったような気がする。その人らしいということにおいてはかなりレベルの高い戦いと言えるが、できれば死に目に会いたかったなあ。

希望が叶えられるかどうかわからなくても、それに向かって意味なくがんばって、失敗したらもう「うわ、違ってた、でも遅い」と言うしかない一回勝負であることは、出産も死も変わらない。

すねたってしょうがない、自分しかできないことだから、なるべく希望に近くなるように生きるしかないっていうのが、人生の面白みなのかもしれない。保険もきかないし、シナリオもないから練習もできない。

ほんとうは、毎日の全てのことがそうなのだ、きっと。

子どもが推定で四〇〇〇グラムを超えた、さらに水分が多い私は人よりも羊水も多くて、信じられないくらい腹が出た。

その段階で、「これは……どう考えてもむりだな。ついこの間までは押し出せる自信があったけど、もうそれはないな。最悪帝王切開だなあ」と思って、投げ出してしまった。

そこからの自分の問題点はもうわかっている。九ヶ月でぎっくり腰になったのもあり、最後のほうは歩くのをやめてしまったことだ。あと、もうすぐ入院だと思って、禁を解いて思いっきり食べた。それも問題。

最後の最後まで調整しようとしていたら、あそこまで難産じゃなかったかも。

死ぬときは、この学びを活かしたいなってくらいしか今は思えない。そんなことを想像しながらも、体が動くことがどんなに幸せなことか。

「按田餃子」の鶏

出会うことと気づくこと

ソウルの夜

◎今日のひとこと

やはり韓国は恋の街だと思うことがあります。

全ての空気が、キレのある気候が、激しすぎる人々のリアクションが、全て美しい瞬間を作ることのみに向かっていて、今日は一回しかないということを、老若男女みんなが肌で知っているように思います。

男女間だけではない、命に、世界に恋している。だからそれが破れると飲んだり倒れたり大騒ぎになってしまう。憎しみが芽生えたら殺したり殺されたり、すごいことになってしまう。感情が際だち、残酷なまでにはっき

ソウルで食べたソルロンタン

りした世界。

身分の差や収入の違いによって、見える世界が全く違うのはアジア全般に言えることだと思うのですが、ここまで気持ちがそこにこもって溶けこんでいると、いつもただ圧倒されるような感じがします。

出会う人もみなそれぞれのキャラがしっかり立っていて、人生の中のどの場所にいる人もくまなくある種の野心を持っていて、どこかに秘められた激しさがあるのです。

それを支えているのはやはり食だなと思いました。

韓国ではお嫁に行った人は、嫁入り先で、行事があるたびに食事の準備がたいへんで地獄を見るとよく言われます。

また、どんなだいじな仕事があっても「来週娘の結婚式だから、食べ物の準備がたいへん、だから行けない」と言われたら、みんななぜか納得します。

フェミニズム的観点から言うととんでもないことで、若い世代が造反したりもしていますが、まだまだその雰囲気は消えそうにありません。

それはさておき、たいへんな気持ちを背負いながら、おばあちゃんが、お母さんが、嫁が、絶え間なく手を動かして作ったむちゃくちゃ手間のかかっている、それぞれの家の味の納豆、キムチ、ナムル。

そういうものがあの美しい肌を支えているのです。基本的にみな肌がきれいで、肌理《きめ》が細かくて、細くてもメリハリがある体をしています。

若い人はたいていとんでもないものを食べています。古い油で揚げたチキンとか、ただ辛いだけのラーメンとか、なんでもかんでも入れたチゲとか。

でも、底には必ず実家の味がある。だから不健康なものを食べても大丈夫。

それが強いんだよなあと思います。

今も韓国は決して親日の国ではないのだと、思い知ることがたまにあります。

それでも、小説を読む人たちの心は、世界中全く変わらないのです。まるで打ち明け話をするようにそっと手を差し出しながら、「あなたの小説に救われました」と言ってくれる人たち。

なんてありがたいことでしょう。

小説だけは、垣根を越えていけるといつも

映画「デッドエンドの思い出」のソウルで舞台挨拶

思うのです。

◎どくだみちゃん

夜

仕事だから、車で移動していた。ほとんど街を歩くことはなかった。

男勝りのミジさんが、バンをぶんぶん運転して。

「私は運転手じゃないんですよ、プロデューサーなんですけどね、でもこの運転は喜びです」

と言いながら。

彼女の肩と横顔とつやつやの肌が、すでにもう自分が韓流ドラマの中にいると思えるような、とてつもない美しさだった。

それぞれの人がそれぞれらしくいる自由が、そこにはある。

車を出ると、突然、夜が自分をつかまえにくる。

路地、人々、ネオン。

夜が生きている。生き物のように、心に入ってくる。

冷たいきりっとした空気、乾燥して澄んでいる。

ほんの少し歩くだけでも、久しぶりに「夜の怖さ」と「自由」をいっぱいに吸い込める。

なぜこんなに違うのだろう?

同じ夜、同じ月なのに。

生々しく夜が力を持っている。夜だけの魔法を発散している。

納豆チゲの名店にて、ミジさんと

駐車場で車に乗るまで、店の明かりにまだ照らされて、不思議な感覚を覚える。

夜は生きていて、人の心を惑わせる。

ふだんは好きにならないような人を好きになってしまったり、歩きたくないのにどこまでも歩いてさまよってしまったり、孤独でもないのに心の闇がどんどん育ってしまったり。

人の情が唯一のトーチカとなって、手を温める。ソルロンタンの汁のように、トッポギの赤のように。

◎ふしばな

スンギくん[*11]

もしかしたら他の人でもよかったのかもしれない。

たまたまだったのかもしれない。

でもそれが運命だと思っている。

日本のおばさまの例にもれずに、「冬のソナタ」に始まり、私も韓流ドラマをいろいろ観ていた。

たまたま昼間に「僕の彼女は九尾狐《クミホ》」[*12]を観ていたとき、「これから」感が炸裂しているスンギくんに釘付けになった。恋ではなく、なんだか知っている人だなと思ったのだ。ちょうどタムくんに出会ったときと同じ感じだった。自分の一部のような男性だなと。

私の父はその頃倒れ、もう家には帰れない入院をしていた。

病院に行く車の中で、春になっていく美しい世界の中で、いつも私の心だけはグレーだったが、いつでもスンギくんの新曲「チングジャナ」[*13]を聴いていた。とても悲しい歌だ。そのときの気持ちにすごくしっくり来た。

私も二回のインフルエンザや中耳炎に倒れ、お見舞いに行っては父の死が近いのをひしひしと感じ、考えないようにしながら、家でその出世作「華麗なる遺産」[*14]を観た。その頃はまだオンラインの世界が発達していなかったから、DVDを借りると送られてきて、観終わった分をポストに返すと次が送られてくるというなんとも悠長なシステムだった。

観終わるとすぐに続きが観たいから、近所のポストまで歩いていく。まだ小さかったうちの子がつきあってくれた。小さい手と手をつないで、まだ病み上がりでふらふらする足で、坂を登った。星がきらきらしていたのを覚えている。

考えられないくらいつらいことが続く中(姉は姉で乳がんの手術をしていたし)、ドラマの次がポストに来るのだけを心の支えに過ごした。

　きっとこのドラマの最終回を観終わったら、父は去ってしまうんだなと思っていたし、それはほんとうになった。

　だから、最終回を観るのがすごく楽しみで、怖かった。

　今はもう引っ越してしまった古い家で、今はもうボロボロになって捨ててしまったソファーに座りながら、最終回を観て、ああ、終わった、よし覚悟をするぞと思ったのを覚えている。なんであんなに強い直感に襲われたのか、今となってはわからない。


　三十九度の熱を出して行ったモルジブでは、ずっと九尾狐のドラマの劇中歌だった「ヨウビ（日照り雨）」*15（スンギくんの師匠、イ・ソニさんの歌。リンク貼るために聴いたらあまりにも名曲でやっぱり泣いてしまったじゃないか）という歌を聴いていたし、父が死んだ日、香港でも私は大きな音で部屋のスピーカーにつなげて、スンギくんの歌を聴いていた。決して気持ちがまぎれることはなかったけれど、音楽に飲まれて目をつぶることはできた。

　芸能人を愛する歴史は、自分の歴史とイコールである。そして彼らは決して日常でまわりにいる人たちにできない形で、心に活気をくれるのである。

　彼らに励まされる歴史の中で、ときにそういう、人の死にまつわる偶然の奇跡が起きるのである。


　何回も書いているけれど（なかなかないことなので許してほしい）、去年の四月に友だちが死んだ。

　最後に部屋に突入して、死にかけているところを発見したとき、彼女は「ヨウビ」の歌詞みたいなことを言った。首が動かないから真上を向いて。いつも照れて愛の言葉をぶつけるように言っていた彼女とは違って、全く笑ってごまかすことなく。

「いつもは部屋に人にいてほしいとは思わないほうなんだけどね、今日は思うんだ。もう少しだけ、いてくれないかな？　まほちゃんが忙しいのはわかってるのよ。ほんとにわかってるの。でも、あとちょっとだけ」

　私はこれから来るであろう別れを考えて、ほんとうにあの歌の通りの気持ちだなとぼんやり悲しく思っていた。

　この痛みが鈍る日が来ることはあるのだろうか？

情けなくてばかみたいな私を
どうしろというのだろう？
月の光がとてもきれいで　このまま行くことができない
あなたのそばで少し横になっているよ
少しだけ　ほんの少しだけ
（イ・ソニ『ヨウビ』より　吉本意訳）

スンギくんと私

ゲーム以降の時代

◎今日のひとこと

今の若い人たち 笑 の、私にない考えかたってなんだろうな？　と思って、すごく深く考えてみたのです。

深いところから全く違うところはなにか、です。

そしてすぐにわかりました。

ゲームです。

昔のマリオとか最初のマザーとか飯野賢治さん（何回か会った。すごくいい人だった、亡くなって悲しい）とか最初のあたりのバイオハザードくらいしかやったことない私なので、ゲームは全くアウトです。

すごいステンドグラスを見た

だからこそ、わかったのです。

例えば『進撃の巨人』[*16]も、『約束のネバーランド』[*17]も、全てゲームの世界観が基本になっています。

この枠の外にはこれがあって、そこに行ったらこれとこれをクリアして、次にはこの展開があるということが、ある程度約束されている。それがプログラムというものの避けがたい形式だから。

『ドラゴンボール』[*18]なんて、まさにそういう世界観に見えて、実は違うのです。やっぱり古いんだな。

「そんなこと言ったら年寄りだって共通して、人生ってなにかしらクリアして先に進むものじゃん」と思うと思うのですが、そこにまつわっている味とか「その世界観への信頼」が違うのです。

年寄りはこの枠の外に別の世界があることを心から信じてないですからね〜。

若い人は、心から信じているのです。それが最悪の世界であれ、終末後の世界であれ、とにかくクリアすれば次の世界に行くと。もうそれが頭にしみこんだ状態なんですよ。そしてそれがない、ほんとうにフリーな状況がいちばん恐怖だというのも、わかります。

その感覚が現実に反映されるとどうなるかというと、若い賢い人たちが、起業する。その業種は少し今流行っているものだったり、自分がコピーライティングの力とかブランディングの力で作り上げたものたち。そしてそれがうまくいってお金をある程度稼いだら、その事業を売却して新しくわくわくできる会社をまた作る。

　こういう人が、まわりにほんとうにたくさんいます。

　いちばん身近な例をあげると、不動産屋さんを立ち上げ、成功したら離れてカレー屋さんのチェーンを作り、アウトドアの製品の会社を作り、特殊な治療院の会社を作り、という人がいるんだけれど、すごいなと思うのは時代を読む力で、全部うまく行ってずっと続いてるんですよね。私が彼のうまくいってない側の事業を知らないだけかもしれないが。

　私の時代の人から見ると「この生き方、軽くあやしいじゃん」と思うんだけれど、決してそうではない。ゲーム時代の世界観ではこれは正しい考え方なのだと思います。

　そしてそれによって空気や流通が動くというすごい力のあることです。ちょうど、私たちの若い頃に広告代理店が世界を変えたのと同じくらい、強い力です。

　そう思うと、私なんて稼ごうと思ったら、インチキな占いとか、メールでコーチングもどきをする会社を立ち上げれば一発なんだよなと思うんだけれど、なんでかもうからない小説を書いちゃうんですよね。

　それは小説を愛してるから。

　批判ではないのです、もちろん。時代って変化してなんぼだからです。そして彼らは事業を立ち上げるごとに雇用を増やして、世界を支えてるんだから。

　で、いいなあ、その考え方。自分ってなんか時代遅れだなあと思いながら、つい小説を書いちゃう。

　それは、私がメールでコーチングや占いも

どきをいくらしても、ある程度にしかなれなくて、それは私が個人的に知っている、その仕事で尊敬できる人たちを汚すことになるから。そして、起業しては売却する人たちは世界をまたにかけてゲームをしていて、とても軽やかで、新しい時代を感じます。

どの生き方も自由。それもまたほんとうにゲームのようだなと思います。

今の人たちは、ゲームの思想枠がまだまだ狭いけれど、これからの時代はゲームの世界のリアリティがどんどん現実に並んでくるので、結局揃っていくのだろう。長い目で見ればば。

人類ってほんとうに面白いなと思います。

どのあたりまで生きて追えるかな？　と思うと、わくわくします。

今思っている自分の老後なんて、全然予想と違ってくるんだろうなって。

近所の椿

◎どくだみちゃん

家

ある時期、数人でチームを作って育て上げ

たもの。

そこをベースにいろいろな活動をするさいに、なにかしらの助け合いをしたもの。

そこから人が抜けていくのが前提って、なんていうすごい、効率の悪いシステムなのだろう。

そう思ったけれど、死ぬ以外で家族の一員が遠くへ抜けていく様子になったのは、ほんとうに近年なんだった、と思う。

昔の時代は、違う街や国に軽々越していくのは少数だったはずだから。常にそのへんに身内がうろうろしていて、街のなかでちょっと一族が拡大したねくらいだったのだろう。

これからの私たちは、どんな気持ちでこれから家を作っていったらいいのだろう？

疑似家族に興味があり、たくさん描いてきた。

しかし、それもまた当然、崩壊が前提のシステムであろう。

実家をベースにして、外で子どもを作ってきて、実家で育てる。

そこにたまに父親が会いに来る。あるいはいつく。

同性の友だちとのシェアハウスみたいなものに生活のベースを置き、
恋愛は外でする。

あるいは、ひとりぐらしをして、近所に同じくらいの年齢の人たちと互助会を作る。

毎日同じ店に顔を出して、ひとりぐらしの

気持ちを薄める。

そんなふうになっていくのかもしれない。

いずれにしても、家の中で人がたてる物音に、人は焦がれ続ける。

こんなにも芸人さんたちに人気が集まるのは、彼らがたてる物音だけが、孤独をまぎらわしてくれるから。

そこだけはきっと変わらない。

藁葺《わらぶ》きだったり、竪穴式だったり、洞窟だったりした頃から。

火をたいて、なにか食べものを囲んで。

病人も赤ん坊もそこにいる。音をたてている。

それを聴きながら眠りにつく。

ちっとも安全でも安心でもないはず。

嵐がふきあれていたり、恐ろしい獣がうろついていたり。

でもなぜか家族の気配があれば、人は安心して眠るのだ。

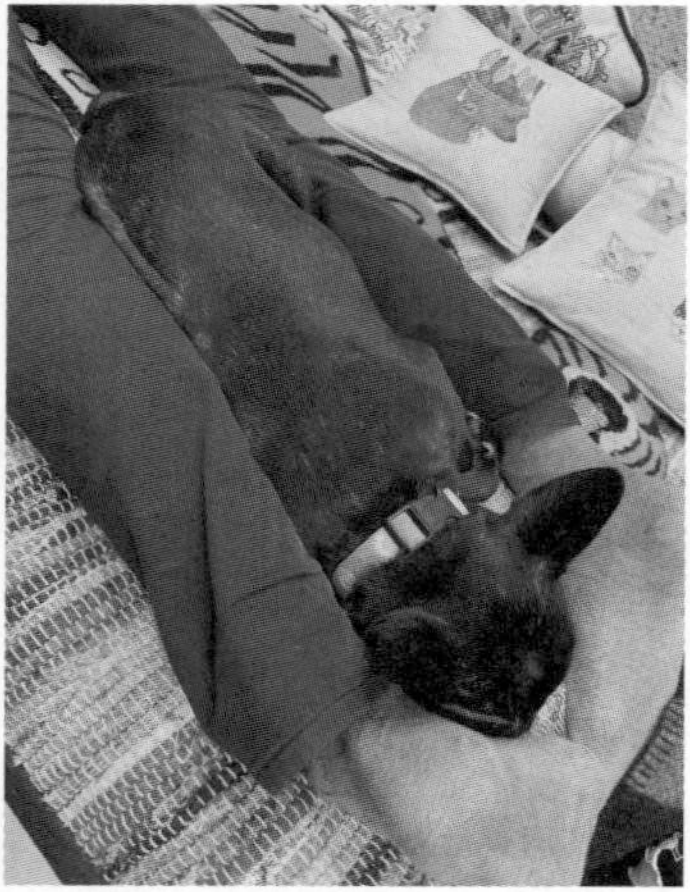

いつもお兄ちゃんが好き

◎ふしばな
そうか、ずっと待ってたのか

家を出て、実家の人たちが私のいないところで次々新ルールや新家具や新介護用品で暮らしていて、私のいない生活がデフォルトになっていて、私には私の家族ができて、もう「実家を出た」と思っていた。

ものすごくひんぱんに顔を出していたけれど、住んではいないということが実家の人たちにも伝わっていると思っていた。

でも、違ったのだと最近気づいた。

子どもが友だちと五日間くらい旅に出て、連絡も毎日のようにふつうに来て、また帰ってくるとわかっているのだが、その感じは、淋しいというものとは少し違っていた。

なにかが足りない、だれかが家にいない、そういう暗さなのだった。

感情的なものではない、待ってるわけでもない。

大人と動物の世話だけでいいので、疲れないし、楽。

そういえば子どもがいない頃はこうだった、と思った。

この世の中って、レストランでもホテルでもだいたい二人セットにできていて、三人で動くっていうのはなかなかたいへんなのだから。

いつか子どもが家を出たら、なんでもかんでも自由に暮らしなさいよと思ったり、結婚式はめんどうだからちょっとだけ出たり、いちいち顔を出さなかったり、孫をあずかっているひまはなかったりするのだろうが、そうなってもきっとこの家は、「だれかが足りないまま」「いて当然の人を待つともなく待っている」家になるのだろうと思った。

永遠に「ふたり暮らしの家」という設定にはならないのである。


そうか、実家の人たちは、私の不在を生きていたのであって、新しい生活を始めたことは一回もなかったのだ。

別に具体的に「出戻ってこい」とも「ここで暮らして」とも思っていなかった。逆にそうなったら狭いしうるさいからいやだなと素直に思われただろう。

でも、そういうことではない。漠然と、どこかで「家族がひとり欠けた家」を彼らは生きていたのだ。


そのことがよくわかった。切なかった。

私はその人生の消化試合をうまく受け入れられるのだろうか。

その頃にはアシスタントのいっちゃんも子育てが終わっていて、ゆかさんもどこかの国に一時的に住んでいて、たとえば「博多で集合ね」「香港で集合ね」なんて言って、ミーティングをしたり、安チケットを探したり、きれいなホテルを探したり、して忙しくしているのだろうか？

先のことはわからない。

ただ、その事実だけは曲げられないのだなと思った。

家は三人でセットになって作られていて、そこからひとり抜けた事実はどうしても変わらないのだと。

そう思うと、動物たちにとって、私は「いて当たり前」の存在で、いないことは異様なことなのだともわかる。

だから彼らの短い命の日々を、なるべく一緒に過ごそうと思う。

2匹の時間

本来の私って?

◎今日のひとこと

事務所をたたんで、一歩一歩、引退というか潜伏の道を歩んでいる私です。

そしてバランスを取るかのように、書く仕事をむちゃくちゃ増やして、ものすごい分量を書いている私。

一応締め切りがあるものが多いので、若い頃くらいにかつかつのスケジュールで、悠々自適というよりは、金銭的にもかなりかつかつでけっこうひやひやしてます。

でも、それによって戻ってきたものがあり、驚きました。

それは、自分の正しい、もともとの人格で

マックの影に

す。

これだけは手放しちゃいけなかったんだ、と思うものだったのに、ずいぶんと長い間、それは迷子になっていました。

しかも迷子になっていることにさえ、気づかなかったのです。

展覧会に貸し出すために写真を整理していて、若い頃の自分の細さやかわいらしさにびっくりしました。

そしてある年代の写真だけ、どうしても見ることができないくらい辛いのに気づきました。

その時代の自分に対して嫌悪感があるのです。服装も、顔つきも、どうしても自分とは思えない。恋愛もうまくいってなかったし、考え方も何か歪んでいた気がします。

じゃあ、その時代はなかった方が良かったのか？　と思うと、そんなことはないのです。死んだ友だちがにこにこしていつもいっしょにいて、両親も生きていて。

いいことはどんなときもいっぱいあったのです。だからその時代を経験してよかったのも確かなこと。

その頃の私に、死んだサイキックの友だちが、いつも言っていたのです。あなたはもっとのびのび生きていいのに、もっともっと自由に考えていいのに、と。

今、やっとわかったというのに、もういなくなっちゃって、伝えられないのです。

できることは、もう自分を見失わないことだけです。

きっとまだまだ何回も見失いそうになってしまうんでしょうけれどね！

父と私。なぜそこに寝た？

◎どくだみちゃん
リハビリ

いつ、失ったのだろう？

お金がなくなったからではないのは確かだ。っていうか、もともとそこまで持ってなかったし。

物書きってそんなもの。


親がいなくなった、これはありそうだ。

親がいなくなったなら、もっと自由になって良さそうなのに、なぜか気持ちが小さくなっていた。

「誰も私を見ないで」みたいな気持ちだった。

子どもが幼稚園だの学校だのに入った。

これもありそうだ。親たちの中で、目立つ

とめんどうくさいからなるべく静かにしていた。

そうしているうちに、何もかもがいつのまにかタイトになっていったのだと思われる。

友だちが死んだり、犬や猫がどんどん死んだり、気づいたら誰もいない午後の家でひとりぼっちになっていた日があった。

あれ、子ども、気づいたらもういない。友だちと出かけちゃった。ついこの間まで、「ママ、今日は何する？」と言ってたのに。

お手伝いさんたちや、シッターさんは？　もういない。

犬たちは？　猫たちは？　いない。死んじゃったんだっけ。

ぽかんとして、ほんとうに一年くらいの間、じっとしていた。膝を抱えるようにして。

子犬や子猫が来たから、その子たちとゆっくり遊んで、育てて。

若い頃は、昼間すごい勢いで仕事をして、その後深夜まで飲みに行っていた。ついでにそこで取材したり考えたり歌ったり踊ったり。

でももうそんな元気はないし、家族がいるし、なるべく晩ごはんはうちで食べたいし、健康的な食事を作りたいし。お酒もそんなに飲めないし。

だから書いて書いて書きまくり、疲れたら音楽を聴いたり、ちょっとずつ語学を勉強したり。

あまり出かけないけれど、たまに出かけたらちゃんと楽しんで、目の前の人としっかり過ごす。

その程度の感覚をとりもどすのに、十数年もかかるなんて、どうかしてる。

子どもが四歳になるくらいまでは、人生でいちばん自由に過ごしていたというのに。

夜中まで起きて、歌ったり本を読んだり、いつも子どもといっしょに、体のどこかを触れ合って。

小さい子が好きな友だちなんてほとんどいなかったので、あまり人にも会わずに自分のペースで過ごしていた。


書くのが仕事なので、家か仕事場にいて、あとは犬と猫と過ごして、家族とご飯を食べて、音楽を聴いて、何かを勉強して。

よほどのとき以外は、古着でもてきとうに着て。

見はり猫

いやなことはいやだと言って、めんどうくさいことにはめんどうだと即答。
もういいや、それで。
やっと目が覚めたけど、あれ？　ずいぶんあの頃のみんないなくなっちゃったな。そうか、死んじゃったのか。あっけないなあ。

あとどのくらい、地上で遊べるかな？

空や光や水の輝きをいつまで見ることができるかな？

◎ふしばな　古着

人前に出るときは一応新品を着るようにしているのだが古着が大好きで、特定ブランドのものだけだが、掘り出し物を見つけるとコツコツ買っている。家には常に古着が箱いっぱいくらいある。

いちばん気に入っているカモメ柄の上着を、先日ユザーンくんのライブに着て行ったら、彼の衣装を作っている人が「あ、僕それ持ってる」と言ってびっくりした。

あんなすごい服を持ってる人が他にもいるなんて！

古着と、新しい服を組み合わせるのが大好き。

全身新品でパーティなどに出ると、いたたまれないような、恥ずかしいような気持ちになってしまう。

それでボロボロのバッグなど持っていくのだが、ちゃんとした身分の人やヨーロッパの人には「気の毒にね」という目で見られる。

しかしおばさんになって厚かましくなったので、それにも慣れた。

別に反逆とかパンクとかではないのだ。

生まれた時代のものがいちばん似合ってしまうのはどうにも仕方がないのだ。

そして七〇年代の服やカバンが今までちゃんと使えるのだから、今のお気に入りの服はもしかしたら一生着れるのではと思うと、幸せな気持ちになる。

すっごく広い野原にいるような。


毎年、ファッションのコンセプトをかっちりとではなくても、決めている。そうすると楽しいから。今年はちょっと色っぽい大人風とか、どことなくロックとか、カチッとした感じとか、ざっくりと方針を考える。

今年は「ぎりぎりだけど、実はセンスがいい。貧乏に見えるけれど、見た目ほどではない」という感じにチャレンジすることにしたのと、前からこつこつと集めていた麻のブランドを大量に売ってる店を見つけてしまったのと、「よなよな」でまみちゃんが熱く古着愛（しかし私たちの好みは全く違う）を語っていたのと、デプトが復活したので、ますます古着寄りになったのは確かだ。古着はセンスが試されるが、果てしなく楽しいのである。なにせ安いし。

いつも思うのだ。新品だって三回着たら、みんな古着じゃんって。

それに私は古着天国の下北沢に住んでいるのだ。


ただ、年齢的に安い生地を身につけているとほんとうにみすぼらしくなってしまう（なってるのかも）ので、注意が必要である。もうあの若い膝小僧だとかペナペナの生地を輝かせる肌は残念ながら持っていない。

防虫剤の匂いを取るために洗って、干して、何回か着ると、古着はタンスになじんでくる。もちろん自分にも。

その瞬間が大好きなのだ。

◎おまけふしばな　どっちでも良かったのか

夫の前に立ち、「さて、これは古着でしょうか？　新品でしょうか？」と問うと、必ず外す。

最近では、「クイズ、古着か新品か？」と言っただけでいやな顔をするようになってきた。

そして私は思っている。どうせ誰にもわからないなら、どっちでも良かったんだな、と。

さてこれは？　そう、古着です。107ページに出てくる服。

生きていても、もう会えない人

◎今日のひとこと

　もちろん別れた恋人だとか（私の場合、環境的になぜか彼らにわりと会えるので、元気なのを確認できるのが嬉しい）、もうたぶん一生会えないであろう、仲違いした人たち。

　思い出すと胸が痛み、せめて元気な姿を見ることができたらいいのになあ、と思ってくよくよしたりする人たち。

　死んだ人とは、時間をかけてすりあわせていくしかない。

　だから、過去も未来もいっしょになって、その関係の本質を見ることができる気がしま

蓮のつぼみ

す。

でも生きている人だと、悔いが残るばかり。

あのときもうちょっとはっきり言えたらこうならなかったかもとか、会えなくなるならもっと楽しく過ごせばよかったとか。

それでも、やっぱり相手には幸せに生きていてほしいと思うのです。

生きて、自分のいない場所でも、いっそう元気でいてほしいなって。

そうであるなら、離れたかいがあるなって。

去年、いっぺんにたくさんの人と別れました。

おばさんな上にいろんなことがあってヤケクソになって物言いがきつくなって、嘘がつけなくなって、今までならホイホイ出かけていけたのに事務所をたたんでむちゃくちゃ忙しくなったから行けなくなって、あるいは仕事上これ以上もういっしょにはやれないなと思うことをやめたり、金銭上のトラブルがあったり、あまりに大勢すぎてもうアホらしくなるほどでした。

このことは何回も書いたのでもう飽き飽きでしょうが、リアルタイムでまだ私も驚いているので、違う角度から書いてみます。

毎週だれかに「俺／私のことは、それほど好きじゃなかったんですね」と言われ続けて、しまいには「また来た！」と思うようになりました。

逆に、これまで自分がどう思われていたのかが、すごく心配になりました。どれだけいいほうに、「あなただけのものです」という人みたいに思われるという誤解を受けていたんだろう？　と。

昔、渋谷陽一さんに「あなたに会うと、みんなが『この人は自分に恋してる』と思うと思うよ」と言われたことがありますが（残念ながら口説かれたのではない）、さすが名評論家、今やっとその意味がほんとうにわかりました。

私は「あなたが好きでまた会いたい、だから感じ良くしてる」わけではなく、「もしかしたらもうあなたとは一生会えないかもしれないので、ベストをつくしている」だけなんですよね。そこが前者と誤解されるんだなと。

本気でそう思っています。外国での仕事、たくさんの出会い、別れを経験しているだけに。

基本、だれとも「また会えたらいいね」というつきあいしかしていません。家族さえも、そうかもしれません。多くの人に会って生きる職業を持つってそういうことなんです。

悲しくないわけではないので、右を向いても左を向いても、その人たちとの思い出でがんじがらめになりそうなくらい、楽しかったことがよみがえってきて、これはもはや遠い土地に引っ越したのと同じだなと思いました。まあ、ある意味引っ越しだったのかもしれません、次元の。

こういうことを書くと「それって私のことですか？」と言いだす人が必ず何人かいるのですが、そんなことをちゃんと思う人とは、そもそももめません　笑。

この世にはいろんな人がいるのです。自分

の常識では測れない人。

そういう人とは、「常識が違うね」「でも楽しく会えたらいいね、よい距離感で」と思うだけなので、食い下がったり呪われなければ、全然いいのです。

たとえ呪われても、こちらが呪わなければいつか必ず念は消えますし。執着されるようなおつきあいはだれともしていませんし。

そう、いろんな価値観の人がいるから世界は楽しいんですもの！

姉と生き方の違いをどうすりあわせていくか（姉は病気をしていますし、いろいろ現実的につめていく必要があったのです）を話し合ったとき、「いろいろ金銭の援助もしてもらって申し訳ないが、すごく助かる。私が生きているあいだはここを実家と思って、いつでも寄って」と言うので、「いつかなにかのきっかけで近くに住んだり、手伝いあったりできるというのを捨てきれないんだよね、なんでお姉ちゃんはそうしないかね」（水木しげるさんちのように）と私がぐちったら、「だって、住んでる世界が違うもん」と姉がさらっと言ったのです。

同じもの書きなのに（ただしジャンルが違いすぎる上に、姉は絵もまた本業）、周りにいる人たちが全く違って、よりセレブ感や国際感のある私。それの方がいいなんて思ったことはありません。役割が勝手に私を連れていくだけだし、そういう立場に向いているちょっと派手好きな性格でもあるのでしょう。獅子座だし。

母はそれを嫌って、私が受賞しようが何しようが、海外の写真を一切見てもくれませんでした。

そのことをちょっと気にしていた私が、それでどんなに楽になったか。

母から受けた傷を姉が払拭してくれたのです。

自分ばっかり実家に援助して、自分は何もしてもらってない、私はどこかでそう思っていたのだと思いますが、そんなことはなかったのです。確かに両親の介護時、ちょっとむりした時期もあったが、そんなときは誰だってぎりぎりになるに決まっている。

今はもうそれぞれを生きて、互いにできることで助けてるだけ。そうなんだ。

その魔法の、真実の言葉は、あまりにも的確で、私の幼い甘えを打ち砕き、心を再生させました。

真実だけが世界を、自然な、そのままの姿にするのです。

しぶい!

◎どくだみちゃん

いつのまにか

おかしいな、たった一年前なのに。あの暑

い夏の日、いっしょにずっと過ごしたのに。光のあふれる一日だった。踊ったり、食べたり、笑ったり。

多分もう、会えないのだな。

考え方が違うくらい、なんだよと言いたいけれど、きっとそこがわだかまっていたら、底にその気持ちが流れていたら、会うことさえもむつかしいんだろうな。特定の話題を避けながら酒を飲むなんて器用なこと、私にはできない。

それでもあの暑い夜に、いっしょに踊って歌って、声が嗄れるまで騒いで、長い道のりを歩いて帰ったこと、ビルの谷間に風が吹いていたこと、見上げた夜空に星が光っていて、明日も会えるねって言い合ったことは、消えないのだろう。

君の部屋の床に寝転び、本を読みながら、君と他の人が隣の部屋でしゃべっているのを聞いていた、至福のときよ。

もう二度とない異国の夏の夜よ。

浅草の「モンブラン」おいしいです!

◎ふしばな

ホラーよりホラー

事実を少し変えて書くが（それによってまたいろんな人に、もしかしてそれって私の話？　と言われてしまいそうだが、すごく内容を変えていますので、違うと思います）、こういうことを書くときはいつも、私は「みんなわかってくれよ、ひどい目にあったんだよ」とは決して思っていない。実際ひどい目にあったことなんてぐちとしては書かない。なぜなら私はプロだから。転んでもただでは起きない。人の役にたつエピソードしか書かない。

この現象の中に、これを分析することの中に、私がこの課題をクリアする過程の中に、人に役立つものがある気がする、そう思っている。

つまりこれはふだん私が小説で描くような「田口ランディ的乗り切り方」ではなくて現実を生きるノウハウとして「内田春菊的乗り切り方」なのだと思う。おふたりの才能に優劣をつけるという意味ではなく、おふたりとも恐ろしいトラウマを赤裸々に描くタイプの尊敬する方たちなのだが、春菊さんの方法はスピリチュアルよりも、分析や論理に寄っているように思うのだ。

さて、私にはふたりだけ、理由は全くわからないけれど恐ろしい人がいる。

もし前世のカルマだとしたら、それを今世で解消しようとさえ思わず、ただできれば会いたくないという類の人なのだ。

いや、気づいたことこそがカルマの解消な

のだとさえ思う。

恐ろしいのは、ふたりとも悪気の部分が無意識であるということだ。

表のその人たちが、私を大好きでいい人であればあるほど、裏に押し込められたその人たちが暗躍してしまうとでも言えば伝わりやすいだろうか。

ひとりは、その人に何かが起きて、私に相談したいと思う瞬間、連絡をしてくる瞬間が最高にバッドタイミングであるという人である。

「彼氏と別れた」と泣きながら電話してきたら、その瞬間に私の愛犬がこの世を去ったり、親が死んだときなど「ほんとうにこの人から連絡来た」と申し訳ないがちょっと笑ってしまったくらいだ。

「今だけは風邪をひきたくないな、来週から忙しいからな」などと思っているとき、その人が「この席のほうが映画が観やすいから」と言って、席を代わってくれたら、その隣に後からやってきた人がインフルエンザで、ばっちりうつったり。いつもそんな感じだ。

「この人自体は別に悪い人じゃないし、悪気もないし」と思っていたのだが、神様の決めたことのほうが重要そうだなと思って、なるべく会うのをやめた。

これが非人間的な考えなのかどうかはわからないが、そういうのってだれにも、本人たちにもどうにもできないことなのだろうと思う。

もうひとりは、とにかくいい人だし陽気だしプラスの気ばかり持っていて、みんながその人がいると明るくなるということで有名な人なのだが、あるとき、ふと「これまでに自分や息子にとって、命に関わる重大事故ってなんだったただろうな？」と全くその人と関係ない流れで考えてみたことがあった。

息子が寝坊して走って出ていき、事故にあうよりは遅刻しなよね！　と手をふってドアを閉めた後、ふと考えたのだ。

そうしたら、五つも出てきた。こんな気弱で安全策ばっかり練っている私なのに、育児ってほんとうに大変なものだなと思う。

ひとつはカプリ島で、あっというまにまだ幼い息子とバラバラのリフトに乗せられてしまったのだが、断崖絶壁の真上を安全ベルトなしで通るリフトで、もし息子が手を離したら落ちて死ぬとわかった。あの時間の気が気じゃなさと言ったら、もう、今思い出しても発狂しそうである。

ああいうことってふいに来るから、ほんとうに気をつけなくてはいけない。

しかしその直前に息子がちょっと迷子になったりして流れが悪かったので、うかつだった。必ず予兆はあるのだ。気づける自分でいようと願うしかない。

ああカプリのリフト、こわかったな、ぶじでよかった、神様ありがとうございます、などと思いながらあとの四つを思い出したら、なんとあとは全部その人がらみだったのだ。

心からゾッとした。

ひとつは息子がプールで溺れたとき。

ひとつは幼い息子だけが、荒れた海で別の小さいボートにその人と乗ったとき。

ひとつは私だけ、その人の酔っ払い運転が危険で、見知らぬ男たちにからまれたとき。

ひとつはその人と遠泳をして私だけ泳ぎ遅れて変な流れの潮に乗り、溺れそうになったとき。

うわあ、なんかわかんないけど、こりゃダメだ、こりゃ、縁を切らないとダメだ。

そう直感して、いろいろな過程を経てやっと縁が切れたのだが、こわいのは、無意識だからほとんどだれも気づかないところなのだ。そう、その本人さえも。

私だって気づきさえしなければ一生、その四回をなんとかクリアしてきたように、無邪気に無心になんとか生き延びることはできたともちろん思っている。

でもこれは、気づいてしまったことでわずかな恐れが私に生まれ、バランスを崩すと観たのだ。占い師的な気持ちで。

そういえば、死んだサイキックカウンセラーの友だちも、最後の最後まで「あの人とはもう縁を切ったほうがいいよ」と言っていたのを自分はわりと気軽に受け流していたことも、思い出した。これもこわい。

そしてもっとこわいことに、やはり悲しみもあったので、その人からもらったものを処分したりバザーに出したりしたのだが、集めてみたら、もらったものがこわいくらい全部、指輪も、お椀も、コップも、全部で十個くらいあるのにみんな、上が異様に大きくて土台がほそ〜いのである。そういうセンス、好みなのでは？　という分析のしかたももちろんあるしそれはそれで正しいと思うのだが、とにかく全てがいずれにしてもものすごく不安定なのである。

私の家族はなにも知らなかったのだが、新

しく買ってきた器を使って「これってすごく使いやすい、今まで使ってたのはいつも下が不安定で倒れそうでいつも気を張ってた、今はすごく楽、なんでこれにしなかったの」などと言ってくるのだ。そのくらい小さな棘みたいにボディーブローで効いてくることだったのだ。

そしてふと思い出すと、その人の家もそうなのである。ロフト部分はとてもすてきで明るくて景色もよくて家具もリラックスできる最高の感じなのに、一階はじめじめしていて暗くて小さくて地下室みたいなのだ。そしてなぜか改装したり、整えたりしようとしないのだ。

そういうことなのか、本人もまたそのバランスなのか、とまたゾッとした。

そして私が今までたまたま生きてこられたことを、幼い息子の命をそんな縁に晒してしまったのにちゃんと無事に成長してくれたことを、神様としか言いようがないものに、さらに深く感謝した。

縁を憎んで人を憎まず。

そう、きっとそういう縁だったのだろう。そして私だってもしかしたら誰かにとってのよくない縁を担っているのかもしれない。できればそうなりたくないから、なるべく無意識の世界に自分のほんとうの感情を押し込めないようにしたい。

そう、そういうことがいっぱい満ちているこの世界で、自分が生きていられることは、なにかわからないものに、どれだけ感謝してもしきれないくらいに、すばらしいし、美しいことなのだと思う。

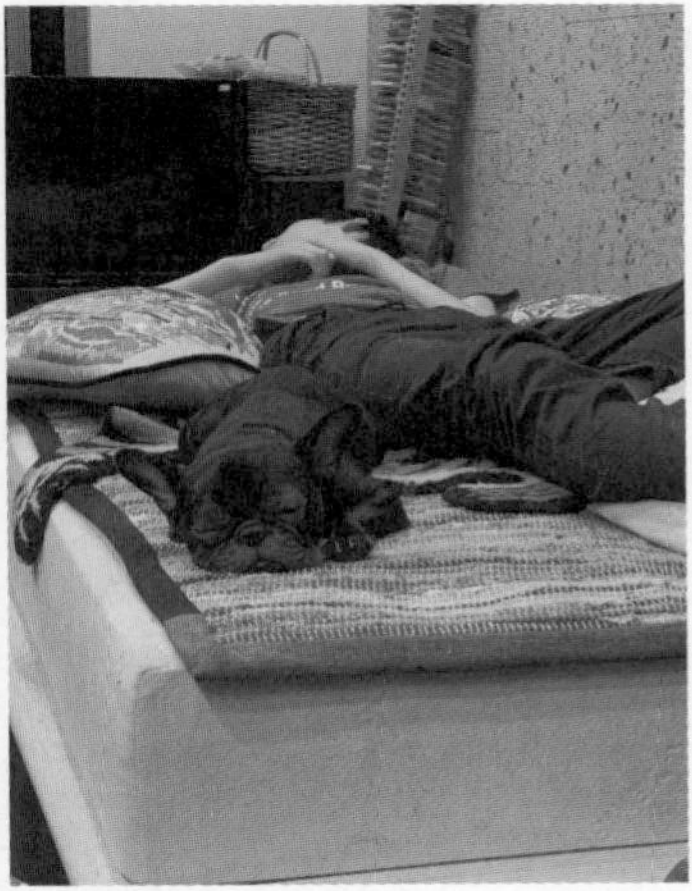

またまたお兄ちゃんが好き

支える才能

◎今日のひとこと

長い間仕事を支えてくれていた人が、物理的に遠くに行ってしまったのです。

これほどまでに淋しいとは思わなかったです。

でも、今はいい時代で、まだ遠隔で仕事を一部手伝ってもらえています。でなかったら、私はもう仕事ができなくなっていたかもしれません、そのくらいその存在を頼りにしていたのです。

こんなにありがたいことはないと思い、テクノロジーの進化と、新天地で楽になれたはずなのにまだ手伝ってくれるその人にただただ

イケメン

だ感謝するばかり。

彼女のすごいところは、私のよくない面に関しては感情を決して交えずに事実だけを示し、仕事先の人のよくない面（連絡があまりよく取れなかったり、条件がめちゃくちゃだったり）はその人にきっぱりとやはり事実だけを伝え、感情は引きずらず、私自身ではなく私の作品の内容でもなく、私の社会的立場をひたすらにサポートしてくれたところでした。

しかも決してむりしないで、出勤日以外にやたらにがんばることもしなかったので、負担も感じずにいられました。サポートするとはなんぞやというのを、ほんとうにわかっている人なのです。おかげさまで私は目が覚めて、仕事とはなにか、社会的立場とはなにか、会社とはなにかということをもう一度組み立て直すことができました。

彼女が私にいちいち言わずに、どれだけたくさんの人に嫌われてくれたのか、想像するだけでもう感動してしまいます。

その静かに支える才能のすごさに、ただただ感謝するばかりです。

大海赫《あかし》先生の、私が子どもの頃に大好きだった絵本「ビビを見た！」が石橋静河さんがビビを演じて舞台になったのです。生きて動いているビビを見て、感激しました。こんな日が来るなんて！　小さい頃の私に教えてあげたい。

大海先生の特異な才能、絵にかける異様な熱意、そして役者さんひとりひとりに色紙を全員分描き、「いい役者さんになっていってください」と声をかける誠実さ。私にまで「ばななさん、いいものを書いていってくださいね」と言ってくださるその一点の曇りもない声とまなざし。

　大海先生は歩くのもたいへんで杖をついてゆっくり歩かれ、ぜんそくもあって、それでも茨城から千秋楽を観にいらしたすごい力を、成り立つように全身全霊で支えているのが奥様なのです。

「あなた、これでいつ死んでもいいわね！」「これはもう、最後の晩餐ね！」「ばななさんにラブレターを書いてきたのよ、ババアっていやね！　こんなことするようになるなんてね」お返事を返しにくい言葉の数々は、ユーモアに満ちていて、そして常に明るくご主人を支えていたもうひとつの偉大な才能のあり方だなと思いました。

私とスタッフの和みタイム

　十年ほど前、「もしもし下北沢」[*19]の取材で訪れた私と子どもを心から歓迎してくださり、子どもと全力で遊んでくださった大海先生と奥様。貝を目にはめたり、タッチできる水槽から子サメをつかみ出そうとしたり、子どもがびっくりするほどに全力で。

大海先生と明子さんと

その偉大な人生も、おふたりが九十近くなって、終盤にさしかかっていることは、みんながわかっていて、みんなが泣くほど淋しくて。

「これが最後かしらね、もしかしたらもう一回か二回くらいは会えるかしらね！」そう言われたとき、涙が出てきました。

なんて偉大なんだろう、こんな人がこの世にいるなんて。

支える才能は、決して表には出ないけれど、みんながわかっているのです。

◎どくだみちゃん

支えない

ずいぶん歳上のその人は、権威ある大人の男性という感じで、完璧すぎてあまりにも隙がない感じだった。

長年の経験で隙をなくしてしまったのかもしれないな、と私は思った。

同じように若いときにすごく脚光を浴びて、そのことで恐ろしいほど傷ついて、人間の嫌なところをたくさん見て、でもいいところも見たことや他の職業も並行して営んでいたことでなんとか生き抜いてきた、そのことがよくわかった。

隙がないままだと、いっしょにする仕事もあんまり面白くなりようがない。

手応えのないまま、その仕事は終わった。

決して失望はしなかったが、傷というものが人に与える影響の恐ろしさだけが心に迫ってきた。そして私にもああいう決して開かないところがあるな、と強く思った。

しかし、その人がたった一瞬、その人そのものになった瞬間があった。

その人の、近年亡くなった親友の話をしたときである。

彼の親友には、ほんとうに愛し合っていておしどり夫婦という感じだった奥様がいた。いつもいっしょにいたし、どれだけ互いを好きかをいつも語っていた。その奥様が亡くなって淋しくてしかたなかった彼は、淋しさをなぐさめてくれた若い女性とすぐに再婚した。

その女性が彼のもとを去ったのだが、その話をしたときだけ、私の仕事相手の彼が「いやあ、すごいよあいつのあの妻は！　別れるとき、家のドアまで持っていったからね！」

と言った。

そのときにちらっと心の中が見えたのだ。まわりの大切な人たちを深く愛しぬく十九歳くらいの少年の姿が。

ドアまで持っていく全く支えない愛に、その親友はどんな新しさを見出して結婚したのだろう。死んだ妻の代わりはいないから、とにかく全く別の世界に行こうと思ったのだろうか。

親友の新しい妻の支えない愛をただでさえ悔しく思った私の仕事相手は、親友が死んでどんなに悔しかっただろう。

その彼女の「支えない人生」は、その後、どんなふうになっていったんだろう?

少なくとも私はそのエピソードのおかげで仕事相手の彼のほんとうの姿が、熱い十九歳のまま生きていた彼の若々しく繊細な魂が、若芽のような優しい色が、出てきたことをこうして大切に抱いている。

支えないことでさえも、どこかでこんな風に、悲しく小さく役立っていることを、その女性はきっと知らないまま生きているのだろ

元アシスタント、ナタデピロココ来日

う。きっとそのドアもどこかに売り払って。

◎ふしばな
支えない　笑

これだけは父の遺伝だなと思っている、自分のすごく良くないところがある。

さらっとできないし、粋にできないのだ。あらゆる意味で考慮してから、いろんな人の立場に立って、バランスも考え、最後まで口にすまいと思って、がまんする。

そして今日だけなら、なんとか穏便にいこうと思う。家に帰ってこのモヤモヤを忘れようと。

しかしそういうときに限って、先方は食い下がってくる。

先方にとって、なぜかこちらは常に結論を持っている人生だったり、裁く存在だったりする。あと、なにかしら偉大なものを勝手に盛ってくれていたり。

ところがそれはイメージであって、本人は自分のことで精一杯で、分析くらいはしても（あの人ってこういうところがあるなあ、きっとこういうときにこうするんだろうなあ、でもしかたないよな、それが本人なら。さて、仕事仕事！　程度の分析で全く気持ちが乗っていない）、すぐ忘れてしまう、そんな小さなというかアホな人間なのだ。ふだんはたいていの人に対して「いやあ、元気で幸せでいるといいねえ」としか思っていない、善意のアホというか。ある意味冷たいというか。

だから、いろんなことを、他に考えることがありすぎてできとうにいなしていると、いつのまにか目の前に事態が逼迫した様相で迫っている。

なので「目の前から消えてくれ〜、わしも人間じゃ、もうムリ！」「これだけは勘弁してくれ！　絶対イヤ」みたいにバッサリしたやりとりをして、二度とは会わないだろうみたいなキツい雰囲気になる。

そんなことがしたいわけではない、アホなのだ。

悪者になりたくないわけではない、てきとうなのだ。

自分のことは自分で考えるしかないから、私がなにを考えても言ってもしかたがない、だからその人を信じて放っておこうと思うと、いつのまにかおかしな事態になっている。

この「その人を信じて放っておく」ということのなかに、とてつもない、私個人の持ち物ではない宇宙的な愛のようなものがきっとあるのだろうと思う。それが地球の現実生活の中に混じると、バランスがうまくないということなのではないだろうか。

昔、スタッフを予定の三ヶ月早くクビにしたことがある。逆にいうと、どんな人でもなにをしても引き継ぎというクールダウンと次の仕事を探す準備期間をちゃんと持つので、それをおかずにクビにしたことは生まれて初めてで、双方がとても傷ついた。

その人の場合は、自分が常軌を逸してしまっていることがあらゆる意味で全くわからなかったらしく（単にまだ子どもだったのだろうと思う）、周りの人からの忠告（あの人はもう辞めてもらった方がいいと思うという）が相次いで、これはもう限界だなと思っていたときに、ある小さな事故が起こり、それをきっかけに辞めてもらった。

そのとき来た呪いの手紙を、本人もあとで謝ってきたし、もちろん許しているが、ある意味一生忘れない。

私に言わせればだが、人間というものがこれほどまでに理不尽になるのかという状況だった。

しかしそうとう前からほんとうは「これはもうむりだな」と思っていても、上記の理由から、ギリギリまで自分が判断を見送っていたことが今ならわかる。

穏便に解決したかったたし、なにか道があるのではないかと思っていたのだ。

今思っても、人生最悪の時期だったなと思う。

当時の私に言いたい。育児をする時期にはちゃんと育児だけをしろ！　と。

そうでないからそんなことになるのだと。大きな意味での理由がそれだったことを、よくわかっている。

書くことに関しては、遊びだけではない真剣味というか、どうしても心がきゅっとなるつらい側面がある。それもまた仕事の醍醐味である。

それだけに、やはり他の仕事（イベントだとか対談だとか取材だとか）は遊びの要素をふんだんに取り入れたい。なのでなんとなくスタッフと私は「楽しそう」に見えるが、それは創作の場面がきつければきついほど、だからこそそうなっていくということなのだ。

私はいつでも少しでも体調を良くして、少しでも発見をして、変化していきたいというのを軸に人生を生きているので、人を雇い続けていると、そうでない「とにかく現状維持型、見たくないものは見ない」人がこの世にはとてもたくさんいるということがよくわかる。自分がえらいというのではなく人の生き方の種類の問題。

最低限の仕事で最大限の利益を得てあとは趣味の時間だという人とか、なんでもかんでも人のせいにするか、人についていく他力本願だったりとか、妬みながらも存在するとか(私を妬んで私を手伝う仕事をするなんて本人がきついと思うのだが)、いろんな生き方がある。

気が合う人はやはり集まりやすいので、他の世界をたまに見るとびっくりするものだ。でもたまには他の世界を見ないと、小さくまとまってしまうのでいいと思う。

人間関係って食事と同じで、いろんなものをまんべんなく少量、あまりいろいろ意識したり決めない、というのがいちばんいいような気がする。

私自身は全く粘りがなく、辞めることがあるいは次の仕事が決まったら前の仕事なんて一刻も早く辞めたいね、というタイプなのだが、二代前の秘書りさっぴは辞めると決まってからの引き継ぎの期間、いつも以上に誠実にきちんと働いた。それは私の目からうろこが落ちた期間でもあった。

たいていの人がもう気持ちがお留守になって過ごすはずのその期間、無口な彼女、でも育ちが良すぎて「今日の会食の食事、最低でしたね、あれはもう残飯の寄せ集め」とか、「この宿、この小さな部屋のとなりに次の間があるんですか？」と言ってしまうくらいシビアな彼女が、不満も不平も言わず、イヤミも妬みもなく、ただひたすらにきちんと「吉本ばななに」ではなく「仕事に」向き合った姿勢の美しさを、これもまた私は一生忘れないだろう。

あれ以来私は、「消化試合の中にこそ、可能性がある」と思うようになった。彼女が教えてくれたことだ。

古いマンション、内見したとき撮った

それぞれの神様

◎今日のひとこと

雨が降ってきそうなので、小走りでスーパーの袋を持って道を急いでいたら、前から自転車に乗った近所のコーヒー屋[*20]さんのお姉さんがやってきました。

お姉さんは私を見るとはっとした感じで、

「写真、写真見せなくちゃ」

と、雨が降ってきて先方は自転車だったのに、すごくいい顔で言うのです。

私は雨に濡れるのがさほど気にならないし、もう家も目と鼻の先だったので、自転車のわきに立ち止まりました。

咲きました

そのお姉さんがかけねなくコーヒー豆を愛していることは、そのお店に行く全ての人が知っています。そしてどこか無骨で、ていねいで、あたたかいそのあり方を近所のみんなが応援しています。

焙煎もしている彼女はコーヒーのルーツをその目で見たくて、コーヒー発祥の地と言われるエチオピアに行ったそうなのです。

そのときに不思議な光が写っている写真があって、ぜひばななさんに見てほしかったんです、と前にお店に立ち寄ったときに言っていたのです。

いつも思うのです。好きなアイドルがいる国、シェフなら自分が作っている料理の生まれた国、好きなスポーツが発祥した地。行きたくなって当然ですよねって。そして彼女はやっぱり行動したのです。私よりも少しお姉さんであろう年齢なのですが、彼女はコーヒーに関係あるところならどこにでもすっとんでいくのです。

エチオピアにはコーヒーの神様と言われているような木があって、その木を守っているのは代々同じ一族で、その一族のおじいさんと彼女がコーヒーの神様の木の下でにっこり笑っているんだけれど、たとえ多少観光仕様だったとしても全然許せるっていうくらい、おじいさんがいい顔をしていて、葉っぱから光が降り注いでいて、彼女もとてもいい顔をしていて、それは彼女がコーヒーを深く愛してるからなんだなって思いました。

彼女の生き方は、その場所に、自信を持っ

て、心をこめて立てる。そういうものなんだなと知りました。

雨が降ってきたけれど、その写真に不思議に写り込んでいる光を見て、「コーヒーの神様ですね」「きっと今のやり方で大丈夫ってことですよね」って素直に笑いあえたことを、とても幸せに思いました。

散る寸前

◎どくだみちゃん

フィジカル

昔、近所に住んでいた弟分みたいな二十代の男の子が、夏休みに全国こども電話相談室に電話をかけて、

「フィジカルに生きるってどういうことですか？」

と聞いてみたら、

「いたずらはやめてくださいね、大人の方ですよね」

と言われたというすてきな思い出があるのだけれど！

どんなにクーラーをかけても全く冷えない

かびくさい部屋の中で、ひたすらものを運び、ほこりを拭き、本を選別してまた運び、全身が汗だくになって身体中が痛くなってほこりまみれでドロドロになって帰宅して、とりあえずずぶぬれなのでさっとシャワーを浴びて、冷たい水をごくごく飲んで、身体中がふんわりとゆるんで、これから夜がやってくる、ごはんのしたくをしようと思う。

そのとき、頭はなにも考えていない、考えられない。

眠いとか横になりたいとかだるいとか、頭を使いすぎたときに襲ってくる症状はなにひとつない。

作ったごはんを食べながらビールを飲んで、ぐったりして、ちょっとうたた寝したりして、

午後には少しすぼみます

はっと眼が覚めると、自分がどこにいるかわからないくらい深く寝ていて、でも時間は十五分くらいしかたっていない。

うわあ、よく寝ちゃったな、ちょっと仕事して風呂に入って寝るか。

そんなふうに生きるのがいちばん健康だ。

体が連れていってくれるところにいっしょに行く。

まるで愛犬といっしょにいるみたいに、体と寄り添って過ごす。

おしゃべりして、歌って、いっしょに動いて、寝て。

なるべくそういうふうに生きたい。

だって考えてもしょうがないことのほうが多いもの。

◎おまけどくだみちゃん
あの日のコーヒー

コピー機の持ち込みがネックになって、だめになったとある物件。

もうほとんど決まりだと思っていたのだ。

その物件を内見する前、喉が渇いたので、コーヒー屋のお姉さんのお店でアイスコーヒーを買った。

お姉さんに「これから内見なんです」と言ったら、「いい物件でありますように」と言ってくれた。

不動産屋さんのお姉さんといっしょに、その部屋に行って、部屋のあちこちを見ながらアイスコーヒーを飲んだ。

窓からは雨に煙る駅と陸橋が見えた。

たたみの部屋に湿った風が抜けていった。

ここでこれから仕事するのか、としみじみとしながら飲んだアイスコーヒーはとてもおいしかった。

結局だめになったので、もう私は二度とあの部屋からの景色を見ることはない。

すごく不思議な気分だ。

あの日のアイスコーヒーの味だけが、汗をかいたプラスチックカップの冷たさだけが、残っている。

変な感じ。自分が幽霊になったみたいな感じがする。

あの部屋で、もうひとりの自分が今こうしているあいだにも暮らして仕事してるみたいな、そんな気がする。

内見とアイスコーヒー

◎ふしばな
小説の神様は、どうなのだろうか

葉山でいろいろ物件を見ていたとき、泊まってみたくて逗子マリーナの中にある、今で言うAirbnbみたいなところに泊まった。

小さい部屋に一泊目は友だちとまだ小さかった子どもと、二泊目は家族で泊まったのだが、明るくてきれいな部屋で、とても快適だった。

窓の外にはテニスコートがあって、大野百合子ちゃんがご主人とテニスをしている貴重な姿を見ることができた。

テニスを終えたふたりと食堂に行って魚の定食を食べたり。

港のそばの市場で魚を買って焼いたり。

そんなにも楽しかったのだが、なぜか、夜になるといきなり超静かになり、ものすごくこわくなる。

そのこわさは、ただ単に暗いとか人がいないというレベルを超えていた。

たとえばゴミを捨てに廊下に出て、部屋に帰るときに、ダッシュで帰りたくなる感じだった。

なんでだろうなあ？　と思いながら、そのあとよりこわい体験を小坪でしたので、「そういうところなんだな、夜はあっちの力がすごく強くなるっていうか」と納得したのだが、

なにより、深夜近い逗子マリーナの中を歩いて部屋に戻るとき、はっと気づいてしまった。

そうか、ここは川端康成先生が、亡くなったところなんだなあ、と。

しかもきっと今脇を歩いている、この棟なんじゃないかな、と。

きっと当たっている、だって、なんだか確信をもってそう思うんだもの、と。

それはそれでほんとうにぞっとして、小走りで帰った。

合体!

ホ・オポノポノ

◎今日のひとこと

少し前に、平良アイリーン[*21]ちゃんと私がサイン会で三百人くらいにサインをしていたときのことです。

会場の終わりは十時、サインの列はまだまだなくならない。かといって並んでいる人たちを打ち切るのは違う。せかせかとサインをするのも違う。

涙を流しながら、自分がひきこもりだったこと、私の本に救われたことを必死で告げている女性に、編集者さんは「はい、写真撮りますよ！」と冷たく言い放ったのです。これ

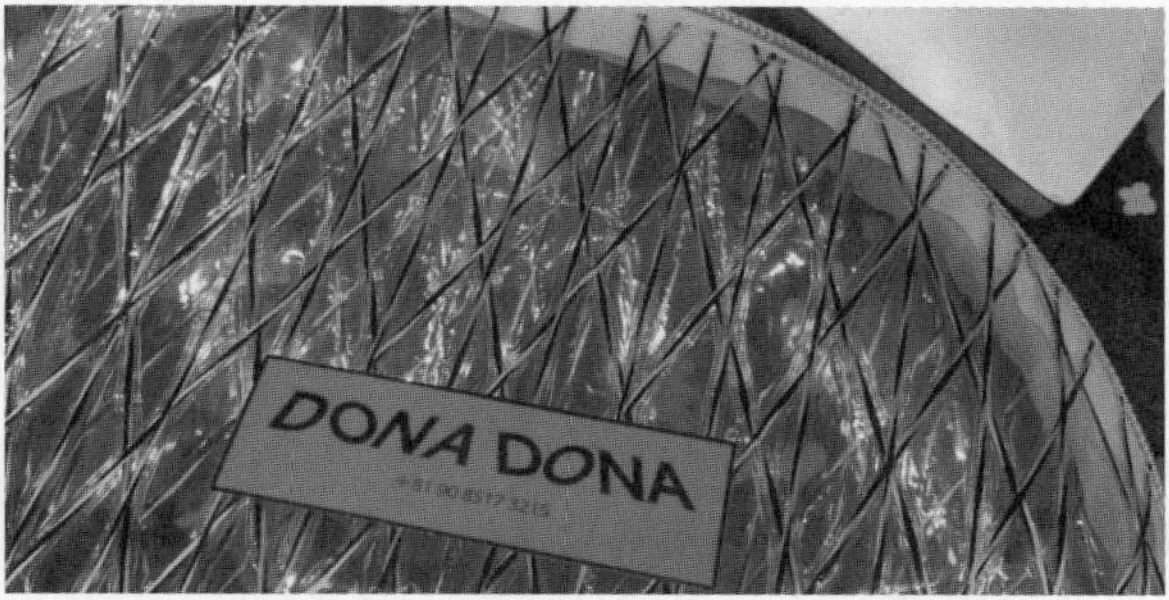

「DONA DONA」のシールをポーチにはる

も、明らかに違います。

　かといって、時間の流れはどうにもならない。

「まあ、間に合わなかったら廊下とかでひそかにやるか、少しだけ時間を大目に見てもらうかですね」と私は言いました。

　すると、さっきまでいっしょに登壇していた平良ベティー[*22]さんが、舞台にいらしたときのままの美しく簡素な白い服で、優雅な動作で列に近づいて行ったのが見えました。

　ベティーさんは「本を開いてお待ちくださいね」とだけ言ったそうなのです。私には聞こえていませんでしたが、私のアシスタントが教えてくれました。

　私に見えたのは、すっと列に近づいていく美しい姿だけでしたが、雰囲気は伝わってきました。

「もう時間がありませんから、写真はお断りします」でもなく、「最後の人までサインができなくなるから急いでくださいね」でもなく。

　でもその場にいた人がベティーさんのたたずまいに対する敬意で、さっと意識を変えたのが見えるようでした。

　ホ・オポノポノを実践するとなにが変わってくるかというと、そういうこと、自分への敬意と信頼なのだなあとしみじみ思いました。

ベティーさんとアイリーンちゃんと

◎どくだみちゃん

クリーニング

調子がいいとき、こんな感じでいつもいられたらなあと思う。

明日も同じことをしてみようか。

それがたいてい、だいじなものの息の根を止めてしまう。

このお茶を冷たくして飲んだらおいしいなあ。

だからいつも作っておこう、いつでも飲めるように。

それが義務になって、おいしさが均されてしまう。

「もしこうなってしまったらどうします?

その不安をなくすために前もってこうしておきませんか?」

というような商売が星の数ほどあるのは、みんなが不安だから。

思い切って考えるのをやめて、ほんものの星を数えたら、わいてくる思いがある。

それで風向きをはかって、船を進める。

重すぎる錨が海底をひきずられていく。

四つの言葉をただてきとうに鼻歌のように口ずさめば、錨がだんだん軽くなっていく。

あら不思議。

航海が楽になることもなく、金塊が見つかることもない。

でも、不思議な風が体の中から吹いてくる。

声が聞こえる。自分の心の声が。

土肥にて

「そうそう、こういう感じがうんと好きだったんだよね」

小さい子どもの声で。

だから、方向がわかる。

◎ふしばな
昔だったら

私のようなまあ、ジェンダーから生き方からぐっちゃぐちゃな人は別として、昔だったら女性って、親に守られて育って、生意気盛りのころに社会に出て、社会というものは自分のことなんてへとも思わない場所なんだ、ということを初めて思い知って、自分だけの場所というもの、巣というものがほしくなって、お見合いでも恋愛でも、親がこの人ならいいだろうと許した人と結婚して、結婚ってこんなものだっけと思って夢破れて苦しんで、でも子どもが生まれてそのかわいさに打たれてお母さんというものになって、自分が大人になり、家族につくし、子どもが社会に出る前に守ってあげられるようになって……。

まあ、NHKの朝ドラの平均的思想を思い描いてもらえたらいちばんわかりやすいと思うが。

という道にそんなに、問題がある気はしない。

どういう観点からかというと、男社会につごうがいいかどうかという観点ではなくて、体から。

女性には生理というものがある。たいへんなことだ。体から大量の血が出ていくんだから。なにごともないように暮らしているけれど、体調という観点から見て、その日にごくふつうに仕事ができるなんてほんとうはありえない。

フェミニズム的観点からも、主婦になれという意味では決してなく、体の流れに沿ってベストをつくす仕事をするのがいちばんいいと思う。体が違うんだし、働き方が男性と違うのは当然だと思う。

今の世の中では、いちばん最初に書いたようなごくふつうの健全な女性たちが、結婚できないでいる。昔だったらお嫁さん候補ナンバーワンでお見合いに引っ張りだこだったようなタイプが。

男性が世の中に出るときの壁ってほんとうに分厚い。命が取られるほどだ。それをすべての女性が味わうべきとはとても思えない。向き不向きがあるからだ。優劣ではない。

そしてそれを味わう代わりに初めて親と離れて味わう他の家の価値観っていうのもほんとうにきついのだが、そのきつい成長の仕方が合っている多くの人が、今結婚したくてもできない働く中年の女性なのかなと思う。

とにかくどんな人にとっても大人になるときは、ものすごく苦しいし、その苦しみを支えるものは、子ども時代の感覚が健全であることだったりする。

ただ、昭和の初めの頃って、一生独身とか処女とかいっぱいいたので。

そういうことももっと許容されていたなと思う。

また今の時代はフリーターとかニートとかたくさんいるので、自分でいい塩梅を見つけている人もたくさんいるのだろう。

指針のなくなってしまった今の世の中で(少なくとも昔は、よくない点もそれが改善された点もふまえて、体が指針だったと思う)、かろうじてできるのはひたすら時代も歴史も女性性も男性性もクリーニングして、自分に固く地層のようになっている記憶をゼロにして、まっさらの今日を生きることくらいなのかもしれない。

YOSHIKIさんのディナーショーのテーブル

つきつめる、学ぶ、飽きる

◎今日のひとこと

去年から今年の自分のテーマであった、きっと大勢の人が「またこの話か！　昨今の飲食店がなってない話についで飽きたよ！」と思っているであろう、人と縁を切る話。

なんと、私さえも飽きました。

飲食店がなってない話には、ぜんぜん飽きてないけど！

でも、ちょっとだけ自分ごととして考えてみてください。

犬と猫と猫と友だちを亡くしただけではなく、その後いっぺんに五人くらいと生きなが

アップ！

ら永遠に別れたんですから。びっくりこきますよ。何が起きたのだ？　と思いました。

　っていうか、いちばんびっくりこいたのは、これまでその人たちと楽しげにつきあっていた自分にです。なにを見ないふりしてたんでしょう。

　私の反応がものすごく病んでたからこそ、その人たちも動揺してつい本音が出ちゃったんでしょうけど。

　そんな最中、ライブでばったりと竹花いち子[*23]さんに会ったとき、いつもの調子で彼女が、それでもとても優しい顔で、

「この間はあまりわかってなくて、ふつうに聞いちゃったけど、後から読んだら、お友だち、たいへんなことだったね、たいへんだったね！」と言ったのです。

　私はまだショックでボケていて、反応は「そうなの、ほんと、たいへんで」くらいしかできなかった気がするけれど、

「うわあ、なにがなんだかわからなくなってたけど、この人こそが普通ですごくまともだ！　フィジカルに生きてる人ってやっぱりすごい！」と思ったのです。

　いち子さんは、フライパンを持つ手がよく腱鞘炎になるので、その日のうちにいろんな動かし方で調整して保たせているというくらいに、体よりの人。

　そして、きっと死んだ人たちや動物たちは、私が周囲から受けている誤解を解いて、すっきりさせてくれたのでしょう。ありがとう、と思います。

でも、まあ、とにかくこのテーマに飽きたのです。

そんなに多くの犠牲を出してまで学んだので、もう振り返りません。新たなできごとがあったら、また違う角度から考察します。

もちろんいつも考えていたわけではなく、できごとがあるたびに「また？　なんで？　人ってなんでそうなの？」と考えただけです。

飽きるまでつきつめるって、すばらしいことです。

もうこのテーマは私の元に、形を変えて戻ってくることはないような、そんな気がします。

そしてクリアしたからこそ、このことに悩む人に、アドバイスをしてあげられます。

私もますますフィジカルに生きようと思っているからですし、こうやってひとつひとつ、死の直前まで、やってくるテーマをクリアしていけたらなあと思います。

パクチーとスマーフ

「外部に対する表現が誤解されやすいと、いろいろなトラブルに巻き込まれるが、その分見分ける力も強くなる」そういう学びでした。

でも、いちばん面白かったのは「隠れた意図は、いつか必ず露呈する」という学び。

だから人はただ瞬間を誠実に生きるしかない、それがいちばん無敵だ、そういうことだったのです。

◎どくだみちゃん

才能

自分の子どもだから、欠点もたくさん知っている。

ど〜しようもない部分も、よく知っている。

しかし、ほんとうにすごいと思うところがたったひとつある。

あるとき、私が疲れ果てて、複雑な人間関係にも巻き込まれて、どうしてもその場にいるといろんなものがくっついてくるから重くて、ヨレヨレになって数泊の出張から帰ってきたときのことだった。

重い足をひきずるように階段を上ると、うちの子どもがリビングのソファでごろごろしながら、

「あ〜、おかえり、ママ」

と言った。その全く淋しかったわけでもなく、淋しくなかったわけでもなく、心がないわけでもないのにクールで、なによりも全くまっさらの真っ白な本人以外なにものでもないあり方だったのを見たとき、

さっきまでドロドロに背負っていた自分の中にあるウェットな感覚が一切合切消えたのである。簡単に言うと、救われた。

私は、いろんな体験をしてきたぶん、自己調整には大変優れていると自分でも思う。し

かし、そのときのどうにもならなさは、かなり高レベルだったのである。

　それが一瞬で消えた、彼がかわいいからでもないし、彼を好きだからでもない。

　その波動というかなんというか、陽気さ？とも違うし、彼にはそういうなにかがあるのである。彼を知っている人は今、みんなうなずいていると思う。奇妙なクールさというか、真っ白さというか。無垢とも違う。思いやりとも違う。

　こちらがわも決して子ども自慢ではない。彼には、はまりこんでしまった迷路のような世界の錯覚を一瞬にして覚ましてしまうなにかがある。


　生前父が、まだ小さかった彼が父の部屋に一泊したとき、

「なんだかわからないけどあの子はすごい。部屋の空気がきれいになったし、夜中に光ってた。救われた」

　と言ったとき、お父さんも孫ボケなんだからあ、小さい子はみんなそうだよ、と言ったのだが、もしかしたらそうでなかったかもしれない。

　父は最後までさすがの観察眼で、うちの子のたったひとつの才能はそれなのかもしれない。その日からそう思うようになった。

　だとしたら圧や情をかけてにごらせないことだけが、自分にできることだ。

　甘やかすとかではなく。


　きっとだれにでもそういうたったひとつのものがあるのだ。

　また、それをつぶしたり、吸い取ろうとす

る力も、守ろうとする力があるのと同じくらいにあるのだ。

　本人が本人を守っていくしかない。

「願わくば全ての人が自分自身のそれに出会えるように」と、私は今日も小説を書くのだろう。

仙台の想い出

◎ふしばな

ずっこけ話

　うちの夫婦だっていつも順風満帆でラブラブ（別に今もそんなにラブラブではないけれど）だったわけではない。

　前の家を出なくてはならず、あわてて家を探して、引っ越したりお金がかかったりしたとき、さすがに私も苦しんだ。

　そして自分ごととしては決して参加してくれない夫と険悪になった。なんといっても夫の頭の中には二十四時間猫とロルフィングしかないのだから、いたしかたない。

　また、私の雑さとかだらしなさとか、彼にも言いたいことは山ほどあるとわかっているから責められない。破《わ》れ鍋に綴じ蓋、それが夫婦というもの。

でもそのときは負荷がかかりすぎてハゲそうだった。この世にだれも私を助けてくれる人はいないとまで思った。住をめぐる問題ってわりとそうなりやすいジャンルだし。

今は亡き犬と犬と猫と猫があちらの家でまだ留守番でかわいそうだと、前のがらんどうになった家で引っ越しの間いっしょに寝てくれたりして、その姿に打たれたりもして、だんだん仲直りしたのである。

でも、引っ越しの最中についに前の家の大家さんと裁判沙汰になって、それを全部自分が受けて（優しかった大家さんの罵り言葉まで受けちゃって）「これはもうだめかも……ローンも通らない（昔は有名人で居場所がわかるというだけで通ったのに、今の時代は自由業にはなかなか通らないのだ）し、なにをする気力もなくなった。こんなにたいへんだとほんとうにうっかり事故とかで死んでしまうかも」と思ったとき、メールで友だちにぐちったら、友だちがすぐに電話をかけてきてくれたのである。

泣きながら電話に出た私に、彼女は「大丈夫？　でも今はそんなに思い詰めないで」と言った後すぐ、「ところで私の彼のことなんだけど」と言って、一時間半、彼氏のぐちを語ったのである。

新喜劇なみにずっこけたし、「こいつとはもう絶対別れよう」と私が思ったのは当然である。

でも、いるよな、こういう奴。けっこう多くいる。

そういう奴は傾向として、一万円のものを

あげたら必ず七千円のものを返してくる。無頓着でそうなるのではなく、ちゃんとネットで値段を調べてきっちりとそうしてくる。

絶対自分が損をしないようにあらゆるジャンルで決めているのだ。ほんとうにわかりやすいのだ。

ちなみに一万円に七千円を返すのはちっとも悪いことではない。ある意味上品だと思う。問題は、それが常に決して相手より損をしないように計算されているというその心構えなのだ。

余裕があれば憎めないし面白いけれど、いずれにしても時間がもったいない的な！

裁判は、近所の優れた、そして庶民の味方の弁護士さんに巡り会えて、最低限の出費で済んだ。

ローンは、しずぎんの人がすごく優しくて、すぐに借りることができた。

そして夫とは、たくさん話し合った。

「夫婦としてまだまだやっていけるのかなあ」と私が言ったら、夫は「大丈夫だと思う。君は動物みたいでかわいいし」と真顔で言った。

心の中で私はこれまた新喜劇なみにこけた。決してのろけではなく、その言葉を喜ぶ女性がこの世にいると思っているのだろうか？と今も思っているのだが、彼は常に正直なんだからしかたがない。これからもますます動物みたいに生きていこうと思う。

◎おまけふしばな
エンターテインメント

紀ノ国屋の野菜が高いとよく言われるけれど、最低限の手間で料理ができるように下準備してあるので、その手間賃というか、そういうものだ。

キャベツなんてもとの鮮度がわからないところまでむいてあり、さっと洗うだけですぐ食べられる。

オーガニック的な野菜に、泥がついていて、キャベツをむしってもむしっても青虫がぞろぞろ出てくる。こういうのはありのままで新鮮なのではなく、手間がすごいし質が悪いだけだと私は思っている。

青山店に行くとよくわかる。

急なお客さんなどにも、とにかく失礼がないようにとっさに完璧な食事が調達できるようにできているのだ。簡単にいうと超高級なコンビニ。プラスチックのシャンパングラス、オリジナルのスライドジッパーバッグ、器、鮨、シャルキュトリー、花、乾いたお菓子、乾いてないお菓子、あらゆるパン、インスタント的だけれど安っぽくないもの、ちびっ子からお年寄りまで、ヴェジタリアンフードからハラルフードまで、うすく幅広くカバーしている。

はじっこにカフェがあるのだが、気楽さ、スパークリングワインの温度、コーヒーの感じ、ちょっとしたお菓子やおつまみのあり方、そして働く人たちのあり方。全てが都内有数の優れたカフェだなと思う。

買い物をしてここにちょっと座ると、いろんな疲れが抜けるのがわかる。そのくらい優れているのだ。

これは、高くてもしかたがないな、食のディズニーランドだもん、と思う。

たまに行くのが楽しいところだし、ふだん行く立地であれば、それはそれでお金をかけるだけではない楽しみかたもたくさんあると思う。

何の花だかわからないがもりもりだった

山のふもとで犬と暮らしている

◎今日のひとこと

RCサクセションの名曲から、タイトルをお借りしています。

私は大都会に暮らしているけれど、気持ちはいつも山のふもとみたいな感じがするのです。

夜が深くなってやっと家の中で活動を始め、人に会わない日はまるで山奥にいるみたいに静かで。

山を降りていくと知り合いがたくさんいて、祭りのようだなと思ったり。

亡くなった友人を含め、私にはサイキック

ひもをつけたままダレた

で占い師の友人が何人かいます。

彼女たちの共通項は、伴侶や子どもがいようがいまいが、どこかしらたったひとりで立っていること。

そりゃその頭の使い方をしていたらそうなるよね、それに人のことがわかっちゃうと人づきあいは減るよね、と思う私にはやはり少しだけ共通項があるみたいで、すごく理解し合えるところがあります。

でもやはり私は創作をする人間。

そこはまた違う立ち方でひとりですっくと立っていなくてはいけません。

それじゃあ、わかりあえる人はいないの？淋しくはないの？

と言われたら、私は、物理的な淋しさ以外は淋しくない、と答えます。

目の前に誰かがいればいい。好きな人たちは遠くても生きていてくれたらいい。つど、目の前にだれか嫌いではない人がいて、ものを落とせば拾いあったり、具合が悪くなれば助け合ったり、それだけでいい。

それが家族であればいちばん楽で幸せだけれど、家族以外だったら、ある意味みんな等しく「今、たまたま、目の前にいる人」なのだな、だから楽しく過ごそう、と思います。明日やあさってのことはわからない。もう二度と会わないのかもしれない。

それは決して冷たいことでもなく、知っている人たちを愛おしく思っていないわけでもない。

ただ、このような生き方になると、ますます日本には数少なく、海外に出ていかざるをえない存在になってしまうんだろうなあ、と思いながら、ますます潜伏していこうと思っています。

こんな変な状態にある国を見たことがありません。

まるで、小さな箱の中に蛇だとか鼠だとかを入れて、エネルギーを奪いつつ、共食いさせているような、そんな雰囲気だと思います。

そうでない人は、たとえ遠くてもいる。星のようにあちこちで輝いている。

そう思いながら、なんとかしのいでいくしかないなと思います。

何回も言いますけれど、抜け道はたくさんありますから。

香港の海鮮市場

◎どくだみちゃん

海辺の町

それがヨーロッパであれ、アジアであれ。

海辺の町、港のあたりはいつも同じ匂いがする。

ちょっと開放的な、それなのにどこまでも静かな。

港に船が着いて、観光客が降りてくる。

港には海鮮料理のお店が並んでいる。

貝や、蒸した魚や、ゆでた海老を、手を使ってたいらげる人たちの賑わい。

明かりが海にゆらゆらと映って、どこか感傷的な感じがする。

どんなにお店がこうこうと明るく港のコンクリを照らしていても、どこか儚い。

食べたらみんなどこかへと帰っていく。

海がそれをじっと見ている。

漁船は魚を捕って、港沿いの店に売る。

その暮らしはこの地形がある限り続いていく。

ゆっくりと歩いていると、時代も、自分の歳も、ここがどこなのかもわからなくなる。

世界中にある、同じ匂いの街。潮の香りがする、いつまでも旅人でいられるところ。

高校生のときに課題で描いた絵本の中に、なぜか海辺の街でランタンのように明かりが連なる景色を描いた。

その景色の中を自分が歩く日が来るとは思っていなかった。

いけす

◎ふしばな
かわいさが出てしまう

ふだん「このクソが！」「今屁をこいた」などと言いながら鼻くそをほじっているような私なのだが、どんなに厳しいコンセプトでも出てしまう小説の中の人たちの妙なかわいさ、すぐお茶を飲んだり、おしゃべりをしたり、屋上に上がって空を見たり。そしてせこいと言えるほどの行動の小ささ。こればかりは、私から最後まで消えない味としか言いようがないのである。どんな深刻なテーマでもそうなるので、かわいい系の人からていねいに生きる系の小説家と誤解されるからすっごくいやで、悔しいから変えたいのだが、どうにも変わらないのだ。

これは、お嬢さまだった母からの遺伝と思

われる。

死んだ友だちにもよく「まほちゃんはいいわね〜、ちゃんと男の前でかわいくなれるから」と言われたし、実の姉にもネパールで「○○さんが値切るときは冷静な態度になるのに、あんたが値切るときにはかわいくして値切ってもらおうとするんだよなあ」と言われた。

言っちゃ悪いが、かわいくふるまっているのではない、地金なのである。

それはおばあさんが花柄の包装紙を愛でるような、『大家さんと僕』の大家さんが持っているような、少女というかおばあさんというか、お嬢さまというか、そういうものなのである。育ちは全くよくないが。

自分で望んでいるわけではない。デフォルトでくっついてきたものなのだ。そこに生まれたての雛が初めて動いたものを見るように、かわいいQちゃんを見てしまったからますます定着したのだろう。

これはもう、どうにもならない。あきらめてかわいいものに囲まれ、誤解されながら暮らそう。

ここで「かわいいに特化すれば売れるな」とうまくやれないところが、アホというか正直というか、残念なところであるが、小説にとってはとても大切である。

◎おまけふしばな

洗濯もの干しショーの奥さんが今、まさに大物を取り込んでいる。両手の平を使いていねいにふとんの上から下まで順番に叩いて、裏返してまた上から下まで叩いてから、そっと取り込んでいる！　ふとん叩きやはたきの棒部分は使っていない。人生で初めて見る方法である。さすがだ。

オフィスの本棚

秘訣いろいろ

その程度のことで

◎今日のひとこと

もう薦めすぎて口が酸っぱいというくらい何回も薦めた本だけれど、『いのちの輝き』[*24]の巻末に出てくるいくつかのストレッチ、発案したフルフォードさんが九十すぎまでバッチリ生きたこともあって、いいなあとはずっと思っていたり、たまにやったりしていたのです。

忙しすぎてついにフラを休んだ頃から、体が硬くなる、せめてこれだけはちゃんとやろうと思って、この動きといくつかの他の簡単なストレッチや導引術を組み合わせたものを、

いちごの下はタイラミホコさんのお皿

朝か夜短くて十分、長くて三十分、やるようにしていたのです。

　そうしたら、この三十年間、ずっといろんなマッサージだの整体だのロルフィングだの鍼だの、どこに行ってもこれだけは治らなかった首の変な硬さがあっさりなくなったのです。

　そうしたら自然と姿勢もよくなり、歩くのも楽になり、そうなるともうふだんロルフィングで整えている基礎がどんどん発揮されてきて、マッサージも鍼もＣＳ60もどんどん効果が高くなって、そしてなにより「今は、体のここが変だ」というのがどんどんわかるようになってきたのです。

　胃が重い、だから背中のここが張っているのかとか、昨日夜寝る前に水を飲み過ぎた、だから足首がちょっとむくんでいる、とか。

　これだけでよかったのか！　と目が覚める思いでした。

　これから老年に入っていくのでいろいろガタはくるでしょうから、微調整でなんとかもたせたいという程度の希望ですが、これをちゃんとやるって時間もかかるし、体をよく感じていないといけなくて、大変なことなんだ、今でないとできなかったんだな、これまでどんだけ突っ走っていたんだ、と反省しました。

　その程度のことで治る、でもその程度のことがいちばんたいへん。

　そして、今やっと、それがちょうどいい年齢になったことに、この人生に、感謝しています。

チューリップたち

◎どくだみちゃん

おばあちゃん

あの頃、いつも、真冬でさえも出していた膝こぞう。

今はたいていしまってあるから、もうちゃんと「もう外には出せませんよ」というおばあちゃんの顔をしている。

ずっと家にいる人の肌がちょっと不自然な質感になってくるのと同じ。

外反母趾からの骨の変形（まさに歩きすぎて、使いすぎて！）。

左の足の甲の骨がちょっと出ている。

右のくるぶしに水がたまって、いつもぷくぷくしている。

だから昔みたいに、夏のサンダルがぴしっとは似合わない。

まあそんな足でちょっと変な形だけれど、サンダルは好きだから夏はどんどん出している。

それなりにおばあちゃんっぽく、おしゃれに見える。

じゃあ骨を削りますか？　たまった水を抜いて治しますか？

と言われると、なんか違う。

そんなことをしても、十七歳の頃の、すんなりのびて日焼けした脚には戻らないから。

金のサンダルが沈んで見えるほどまぶしい足だった頃。

でも、むしろ愛おしい。自分のクセで変になってしまったその形が。

今の枯れた足のほうが、金のサンダルが映える。

ヨーロッパのおばあちゃんみたいに。

くるぶしは、調子がいいと腫れが少なくなる。

足の甲は、ストラップのある靴をすごく嫌う。

胸にある大きなケロイドは、チョコレートとチーズを食べ過ぎるとちょっと痛む。

そんなセンサーとして働いてくれるあなたたちと、なるべく長く老後をいっしょに行こう。

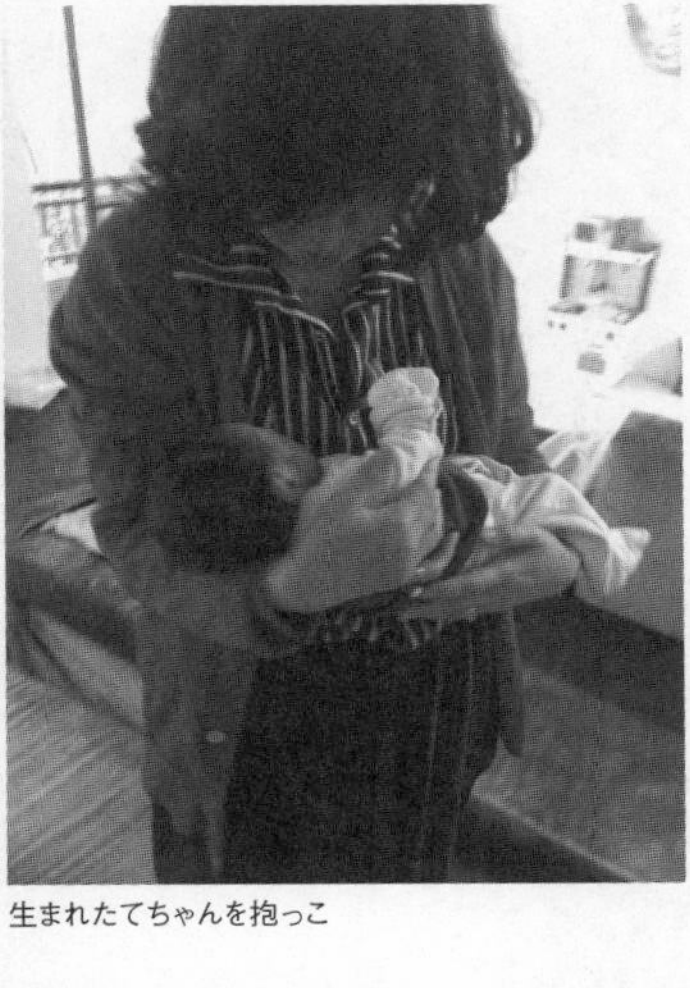

生まれたてちゃんを抱っこ

むしろそんな感じがする。

体の変なところを抱きしめて歩きたい。人生からもらった花束みたいに。

◎ふしばな

断言に至る

何回もこのことを書いていて、飴屋さんにまで「また書いてる」と言われるという、このテーマ。でも、最近ほんとうにわかってきた。やっぱりここから国が滅びるんだと。もうこのひび割れは止められないから、いつかダムは決壊するだろうと。

ゆいいつ、おもてなしと気配りだけが遺産として残っていた日本人は、ここから終わっていくんだ、あとは虫みたいに生きていくしかないし、そうでない人は別の宇宙的次元で生きていくんだ、アセンションってこれのことだったのか的な。

先日、てきとうに入った店で、フォーを頼んだ。三人で分けようと思っていたので、フォーが出てきたとき「取り分ける器をください」と言った。本来、それをこちら側が言ってしまうこと自体、アウトである。持ってきたときに「お取り分け用の器をお持ちしましょうか？」でないといけないと思う。

しかし、お店のお姉さんが持ってきたのはなんと平皿三枚だった。

想像ができないんだ、それってヤバいことだと思う。

また別の店で、「残ったピザを持って帰っていいですか？」と聞いた。「食品衛生上お持ち帰りは禁止となっておりまして、申し訳ありません」ならまだわかる。

しかしお店のお兄さんは「いいっすけど、こっちはなんの責任も持てませんよ」と言ったのである。

こっちってなんだ？

またある日は、表面だけタンドリー窯で硬く焼かれた鶏肉を切ったら血が浸み出していて、肉は半透明なのではなくぐにゃっと生だった。それを言うと、店の言い訳はどこでもいつも同じ。

「これは低温調理をしてじっくり数時間おいたもので、実は火が通っておりまして、血に見えるのは骨から出た髄液なのです」

数軒で聞いたのでそういうマニュアルがあるのだろうが、そしてそこでうちの夫が解剖学を持ち出して説明をするのを何回も見ているが、ほんとうに大変だ。

「これは髄液ではありません、髄液に血が混じることはありますが、その場合はピンクに染まる程度です。そもそもあなたの言っている髄液というのは正確には髄質ですが、それはさておき、ここでは明らかに血液が骨ではなく骨の周りの血管からしみだしているのが見えます」

「これは低温調理で火が通った肉ではなく、生です。なぜならタンパク質が変性していないからです」

お金を払って危険な代物を食べそうになって、なおかつ説明までしてあげなくちゃいけないっていうのは、困ったものだなあと思う。

でもいちばんだいじなのはクレームとか訴訟とかそういう言葉が浮かぶ前に「うっわ、

生！　血！　牛ならともかく鶏だから食べたらヤバイな」と気づく感性で、店の人には、調理する人にさえ、それがないということだから、恐ろしい。

日々こういうことから若いバイトの人に教えないといけないとしたら、その上司の毎日はどんなにめんどうくさい、活気のない、生き生きと仕事ができないものであろうかと思う。

ものすごく混んでいる場合は別だ。いろんな不備があるのが当然と思ってあげないとお店の人が気の毒。

でもそんなときでもたとえば大阪だったら、「今人手が足りなくてほんまごめんやで、水とか皿とかあそこにあるからなんでも勝手に取ってな」みたいなことくらいは言うだろう。

それが人間力というものだとしたら、それがない人たちの暮らしは、文字通り最低限のものになっていくだろう。

最低限の世界の最低限の親が育てた子どもたちがまた最低限の世界を作り……。

こんなに確実に国がだめになるシステムはないなと思う。

日本にもたくさんタピオカドリンクの店ができて、たまに飲むのだが、台湾と全く違う。たとえ同じ成分でできていても全く違うのだ。

店のプライドというものが、そこから消え去っている。

タピオカのオーダーを受けるのって実はかなりたいへんで、トッピング、飲みものの温度、砂糖の量、全部細かく人によって違う。

そして店の側にとっていちばん大事なのは、その全部をトータルした「完成形のイメージ」が持てることなのだ。

台湾ではよほどのことがないかぎり、どんな若い人でも、それをかっちり返してくる。

「あなたの飲みたいのは、爽やかでさっぱりして冷たい飲みもの。それにスパイスのようにタピオカが少量入ったものですね」

「あなたの求めているのは、あったかくてお腹にたまるものですね。だからプリンも入れてアツアツに仕上げて、ミルクティーも甘くて濃い目なんですね」

「あなたはお腹が減ってないけど喉が渇いている。だからパッションフルーツで砂糖はなし、タピオカもなしのラージなんですね」

というような会話みたいなもので、しゃべらなくても店員さんと通じ合えるから、おいしいのである。そしてそのやりとりが真剣だから、バイトしてもゲームのようで楽しいのだろう。

日本ではそのイメージがまるで持てない人ばかりだから、ぬるくなったり、味が変だったり、アツアツの中に冷え冷えのプリンを入れちゃって台無しになったりするのだ。

ミルクティーで無糖とか、ストレートティーにタピオカとか、軽く変則的なことを言うともうわからなくなっちゃって何回も聞き返してくるのも怖い。

日本の大学生が台湾の高校生に劣るというのは、考えたくないが事実なのでしかたがない。

多分アジア各国の本社では「なぜ日本では思ったようにタピオカが流行らないのだろう？」と思っていると思うが、それは全て現場から、小さな虫食いが全体を蝕むように壊れているからなのだった。

日本オリジナルの「たぴヤ」[*25]なんてほんとうによくがんばっていると思う。彼らは決して注文を外さない。それは職人のプライドというものなのだろう。

台湾から来たタピオカの店の、日本支店。じゃあこんな感じでいいか、どうせバイトだし。

それではゲームでステージをクリアする感覚で楽しく働けるはずがないし、バイトは単なるバイトで終わって、なにも残らない。なんて虚しい。

たとえば十八歳とかで修行の道に入った料理人などは、むつかしい話とか抽象的な論理が通じないことが多い。

高級割烹の板さんやレストランのシェフって、私服を見ると「ヤンキー？」みたいな感性だったりする。

でもいざ料理になると「まだ入れるのは早い」「この切り方ではまだ熱が通ってない」「素材がまだ季節に合ってない硬さだと、いつも通りの調味では味がしみない」「この盛りつけだと素材が生きない」というようなことが、体の賢さでバシッとわかっていたりする。火とか刃物を扱う人たちの感覚による体の知性のようなものは、やっぱりすごいのだ。

そして、それでさえないのが、その、謎の接客や調理をする人たちなのである。

目標とか全体像を見ることが一生ない感覚の人たちなのだ。

これからの世の中がどうなっていくのか、よくわからない。

でも自分はどんどん引きこもっていって、話のわかる人の特別区画で生きていくしかないんだろうな、とこの現象のあまりの酷さに今日もまた憂いを感じるのだった。

両親と孫

霊に近づく思ぃグセ

◎今日のひとこと

私は厳密に言うと幽霊というものを信じてはいないです。とても信じられないでしょうが……　笑！

ただ、湿気だとか気分だとか天候だとかも含めて、過去になにかあったところは、たとえば地磁気があまり人体によくない影響を与える場所があるとか、そこで人がぐっと思いつめた危機的な気配を、野生である人体は防衛本能により感じるだとか、そんないろいろな要素を総合して「霊」って呼んじゃった方が早いよ！　というふうに大雑把に処理して用語として使っているだけなのであります。

しょうぶ園

だいたい「ばけたん」と同じようなシステムで自分も回っているというか。

　風邪のウィルスが体に入ったとき、それから何か誤解や食い違いがあって他の人に強烈に怨まれてしまったとき、たとえ自分はまっさらで真っ白な状態であっても、多少は影響を受けるわけです。それも私はついでに「霊」と呼んでしまっています。

　霊が視える人と、霊が実際にいるのかどうかという話は、にわとりと卵のようなもので、どちらが先なのか私にはよくわかりません。ただ、霊が視える人は、いつも霊のことを話し、気にして、霊対策の品を持って歩いているような気がします。そして霊のほうも（いると仮定して）そういう人がいると、聞いてくれと言わんばかりに寄っていきます。

　霊が視える人の書いたものを読んだり、話を聞いていると、それは戦いではなく、両想いなのだなとしか思えないときがあります。

　興味があることと向いていることがいっしょならしかたないなとしか言いようがないというか。

　先日「THE LAST SONG」[*26]を聴いていて、人生でいちばんキツかった夜っていつだったかなあ？　とふと考えたのです。基本的には愛した動物が去っていくときばかりでした。

　でも、客観的にいちばんヤバかった夜には、私は、逆に泣いてなかったなとふと思い出したのです。このこと自体が私にとってホラーですが。

どうしても単純疱疹が治らなくて、目の周りにくりかえしできて目に入るとまずいからと病院に行って点滴をするくりかえし、過労で疲れ果てていて、とても愛していたけれど向こうは私をそこまでは愛していなかった人と住むために家を買ったのに（そこはもう売りました）、ふたりの関係はどん底で、彼についに他の女性が登場した時期。そして私のほうも好きというよりは（相手は女性が好きではない人で、知っていることは未だに本人にも言ってないくらいの隠し方の人だったので、こちらも単に好きとしか表現できなかったたので、周りから見たら恋してると思われてたかも）人生で頼りにしていた人がいたのですが、全く全部がリンクせず、とにかく遠くに引っ越そうと思って友だち（この間死んだ占い師）の家のそばに引越しを決めたものの、その直前にまた倒れて入院しちゃって、もう原因がわからないからとりあえず神経科に行くかと勧められて、いや出ると退院して、引越しの日が来ちゃうから荷造りしなくちゃと、退院したばかりなのに必死こいて荷造りをしていた夜のこと。

まだそのいっしょに住んでいた彼とはいっしょにいたのですが、もう別れるのは見えているではないですか。

あてもなく、家も捨てて、ひとりぐらしを、実家から離れて（なので実家の人たちはぐっちゃぐちゃに怒っていて、口も聞いてくれなかった）、なぜオレは行く？

と思う元気さえもありませんでした。

あのとき、占い師だった、死んだ例の友だちはたったひとりだけ、

「実家のそばに家まで買ったんだから、耐えろ」ではなくて、「もう全て忘れてそこを引っ越せ！」と言ってくれたのです。

しかも鑑定でもなく、無料で、電話で、力強く。

ああ、彼女のいた人生を思うと、ほんとうにありがたい。

そして私も直感でそれしかないと思い、飛び出したのでした。

ふつうに考えたら「彼を追い出したら平和なんじゃ？」と思うんだけど。私はなにを考えていたのであろう？　もはや謎です。狂っていたのかも。そしてそのあたりまえのことが全く思い浮かばなかったこと、自己重要感の低さこそが、私があんな経験をした理由となる「要の考え方」だったのですね。

だって、今の家族とけんかして「ママは出て行く！」と言うと、ふたりともが「ここ、ママが頭金出した家じゃん、おかしくね？　出てくならオレらじゃん」ってきょとんとして言うんですよ。おかげさまで確かにそうだよなと思うようになりました。

でもあの経験があるからこそ、悲しい恋をしてる人や自尊心が低い人の相談に乗れるし、そういう人が違うふうに変わっていく小説がかけるのかも。転んでもただでは起きないオレです。

それから六年後に、引っ越した先の近所で、私は今の夫と出会うのです。

あのとき、収支をあまり考えずにとりあえず家を捨てなかったら、私はあのまま死んでいただろうなと素直に思います。お金的にはもちろん損したけど、命の前にはお金の計算ってほんと虚しい。

はっちゃんとトンネル

◎どくだみちゃん

ポスト

あのときはまだ日野原（重明）先生が生きていらした、あの有名な病院。

まだバリバリに築地が市場だったから、病室にピロココちゃんが場外市場で「牛丼とカレーのあいがけ」を買ってきてくれた。

病人なのに、もりもり食べた。

ああ、淋しいなあ、考えたくないなあ。

彼と別れるのか。

たいへんだったけれど、生まれて初めて本気で恋愛して、ぶつかって、合わなくて、でもお互いをよくいたわりあったよなあ。

そう思っていた。


ベッドのとなりには、彼がお見舞いに来て検査の待ち時間にパチンコで取ってきてくれた犬のぬいぐるみがいた。

それを抱きしめて、眠った。

友だちの、サイキックの宮司さんが、のちにこう言った。

「なんていうんかなあ、いい人なんだけどな、あの人は。でも、パチンコの景品で取ってきたぬいぐるみを病室にお見舞いに持ってくるっていうのを聞いたとき、なんか合わないなと思った。価値観が違うっていうかなあ。育ちとか金銭の話ではなくて、だいじにしてるものが違うっていうか」

それに気づかなかった若い私よ、よく生き延びた。よく小さな赤ん坊をこの手に抱くまでに持っていった。

深夜の病院で、眠れなくてこっそり本を読んだりハガキを書いたり。

皮膚科のえらい先生が「吉本さんは点滴をする以外はできることがないから通院でもいいけど、とにかくただここにいたら休めるし、忙しくしてしまう家にいないことがだいじかもしれないから」と見逃してくれたから、そんなことをしていた。

今の時間ならポストまで行けるかもなと思って、真夜中にさっと病室を出て、エレベーターに乗り、病院の玄関のポストまで出しに行った。

病院なんだからだれかしら歩いてるだろうと思っていたのに、なぜかだれにも会わなくて、超怖かった。

絶対なにか見ちゃうと確信したので、見ないようにして歩いた。

ポストのある場所は風が吹いていて、空気が冷たくて、ちゃんと外の世界につながっていた。

パジャマで、点滴のアタッチメントがぐさっと手に刺さってついている私は決して行けない場所。

居酒屋だとかデパートだとかカフェだとか。

くそ〜、出たら絶対行ってやる、でもひとりじゃ、彼がいないなら、楽しくないんだろうなって思った。

その思考こそが、そこに自分を導いたものなのに。

ポストに落ちるハガキの音は、最高に淋しい音だった。


今の私は知っている。

そのときはまだ親が生きてた、実家に帰って(たとえ母が私の引っ越しに激怒していても)ふたりを抱きしめればよかった。

占い師の友だちと、快気祝いだねって温泉にでも行けばよかった。

まだあの最愛の大型犬が生きてた。

ただあの金色のふさふさに顔を埋めて、千回愛してる、ありがとうって言えばよかったんだと。

私は幸せだったんだ、自分が気づかないだけで、目を向けていなかっただけで。

しょうぶ園続き

◎ふしばな

そのホラー感

その最悪の夜、未来の見えない夜に、ふだん全く電話で話したりしないとある女の知り合いと電話で話した。留守電に電話番号を残していた彼女に私が掛け直したのだった。

その人はもちろん（もちろん？）霊が視える人で、綺麗な人なんだけどいつもやっかいな恋愛をしていて、趣味で大きなバイクに乗っていた。たまたま、私が入院していていろいろ食い違いがあって、電話かけるねということになっていたのだ。

私「お元気ですか？　私、今日退院してきました」

彼女「そうですか〜、たいへんでしたね。実は私も先週バイクで転んでおおごとになって、彼氏と別れた直後で動揺してて」

私「骨折？」

彼女「いや、そのときは大丈夫で、バイク起こして、怪我も小さかったからさっと病院に行って、手当てして、とりあえず家に帰ってきたんです。それでうたた寝してたら、なんかおかしいなと思って、足を見たら、足の小さな傷からものすごくたくさんの血が出ていて、厚いざぶとんが真っ赤で、あたりは血の海だったんですよ〜、で、救急車呼んだら、最初の病院が誤診してて、すっごい深くえぐれた傷だったみたいで、このままだったら出血多量で死んでたかもって言われました。で、入院して、肉を移植して、今日退院して来たんだけど、まだ部屋があちこち血だらけで、もういやです」

私「私も明日引越しなんだ。お互いに、と

にかく生き延びようね」

　彼女「はい！　吉本さんも、がんばって」

　その状況も変だし、話も変だし、どん底で出会ってるのもすごいし、もうとにかく今思い出すと、その電話があったこと自体が悪い夢の次元にすっぽりと入っているような感じだ。

　そのとき私は口ではいろんな人に「お見舞いに来てくれてありがとう」と言っているんだけれど、全く感謝していなかった。疲れ果てて、悲しくて、ギリギリで、だれもわかってくれないと思っていた。

　彼のことを全く恨んでいないし、彼も今幸せに暮らしている上に姉を助けてくれたりなんかして、親戚になっちゃったんで問題ないのだが、愛する人が自分を愛してない、さらにはアルコールの問題があるっていうのは、超忙しい私にとっては地獄のようなもので、今思うと、体をはって助けてくれたピロココちゃんの笑顔と、人生のリハビリ期間をいっしょに過ごしてくれたピロココちゃんのお兄さんやご家族の優しさだけが浮かんでくる。感謝を感じるようになれて、よかったなと思う。

　感謝のない人生こそが、地獄なんだと。

　そして今思うと、そのどん底でしゃべるふたりの失恋女の感じ……あれはもう霊界がすぐそこレベルの暗さで、しかもふたりともずっと笑ってた、あははって。

　丸ごとその次元に入り込んだとき、同じレベルのその人から電話がある感じって超こわくないですか？

彼女とはそれからもう何十年も接していない。たぶん一生に一回の電話だった。

もちろん彼女は元気に生きている。でもやっぱり、彼女には何か変な感触がそのままあると思う。不幸になるとかではなくて、持ち味としての、奇妙さが。


霊に深く関わる人には特徴がある。自分をいちばんにはしない。いつも自分をないがしろにする、後回しにする。で、それを笑い飛ばせる。客観的に見て異様な状況でも、自分が耐えればそれでいいんだし、と受け入れてしまう。それで常に疲れ果てていて、人生に感謝する気力がない。

そういう感じこそが、「霊」の大好物。

しょうぶ園その3

もうひとりの自分

◎今日のひとこと

大人になってから何回も、愛する動物を目の前で天国へ見送りました。

あ、人間もひとりだけ　笑。

父に関しては、なんだかわからないけれど、父は死となのか病院となのか最後まで戦っていたので「こんなにがんばってるなら、もしかしたらまた意識が戻るのでは」と思ったことを覚えています。さすが父だと思いました。

ちょうど避けられない出張もあったし、だからこそ父の死ぬところを目の前でじっと見なくてすんだのは、父の計らいなのかなと思っています。

土肥の近く

その時期、私のことをうっすら嫌っていた父の知人が最後のお見舞いの頃に病室にいて、さすがに私も弱っていたので「来てくれてありがとうございます」と半泣きでハグをしたのですが、露骨に嫌そうにしたので、こんなときまで私怨を捨てないんだ、すげ〜なと思って、案の定そのあといろいろしでかして縁が切れたのをよく覚えています。そういうふうにできているんだなあ。これは余談です。

母に至っては、眠ったまま死んでいたので、あれ？　という感じで、まだよくわかっていません。やはり看取ることはかないませんでした。

でも、その知らせを姉からのＬＩＮＥで見たとき、「ああ、こうなったのならしかたがないな」とすぐ思ったことを覚えています。

「ここまで来たら、もう戻ることはないだろう、治ることはないだろう」

そうなってからはただただ、これまでの楽しかった、そして平凡で退屈だったはずのいっしょに過ごした日々が恋しくて、たくさん泣いて、息をするのも苦しくて、こんなきつい時間はないなといつも思う。

しかし、そんなどうにもならない弱い感じの真っ最中に、いきなりもうひとりの自分が立ち上がってくるのです。

それは死に対してだれよりも強く、とても自然に「これはだれにでもくることだ、あたりまえのことなのだ、あとは見送ろう」と素直に思える人格で、さくさくと下の世話をしたり、徹夜用のごはんを作ったり、仮眠をし

近所の花シリーズ

つかり取ったり、葬儀の手配の心づもりをしたりしているのです。

ふだんは絶対想像がつかない弱っちい自分だけれど、いざとなったときだけ会える、あの自分が出てきて助けてくれる。

そう思うだけで、私は安心して暮らせるようになった気がします。

◎どくだみちゃん

赤ちゃん

自分の赤ちゃんだけが特別にかわいいんだと思っていたけど、最初の一ヶ月間は、人類はみんなかわいいんだとわかった。

顔はまだ赤いのに、なぜだか透明に白く光っていて、まわりの空間がぴかぴかに照らされている。

みんなが何回ものぞきこみに行く。

そして必ず笑顔になる。

優しい言葉しか口にしない。

差別的なことでは全くなく、

たまに、とんでもないおじさんを電車や街で見かける。

そして雰囲気からいって、たぶん奥さんがいるんだろうなと思う。

ハンカチなどはしっかり持っていることが多いので。

見た目的には『1Q84』[*27]の牛河さんのような感じ。

そういうおじさんは、ハゲるがままに変なふうにハゲていて、

襟元とか手首のあたりがなんとなくうす汚くて、

　ワイシャツはアイロンがかかっているんだけれど、どうやったらそういうしわの寄り方になるの？　みたいな感じによれよれで、

近くにいくととてつもなく脂くさくて、

変なふうに毛深かったり、

カバンの四隅もハゲていたり、

靴が不思議にヨレヨレで変なふうに減っていたり、

メガネが顔からずれていたり、

歯がない部分があったり、

とにかくありえない形状をしている。

人が自分に全くかまわないと、こういう形状にまで至るんだなと不思議に思う。

裸で生まれてきても、たとえ形状がふつうと多少違ってもなお完璧な存在であるあの赤ちゃんのところから、ここまでの道のりはどんなに長かったんだろう？

と、とても不思議になる。

人間にはコツコツとこんな形になる自由もあるんだよなと。

いいとか悪いとかキモいとかじゃなくって、それがありうるなら、すごいブサイクな人がコツコツと絶世の美女になることだってきっとあると思う。

なんでそっちはなかなか見ないのか、よくわからないのだが。

いや、彼女たちが気づかないようにうまく絶世の美女になっていってるだけで、意外に見ているのか？

見た目ってすごいものだ。見た目にはみんな出ている。

そして蓄積されたなにかがしっかりと反映されている。

ハンドバッグの中身がぐちゃぐちゃな人が部屋はきちっとしている、ということがないのと同じで、例外みたいなものはあまりない。

のりっぱなし

だから「見た目が嫌いだから」で人を判断するのって、意外にいちばん正確なのかもしれない。

◎ふしばな

私の小説の真髄

昔、伊勢白山道さんが、私に関してリーディングをしてくださったときに「磐長姫と木花咲耶姫両方の気を持っているので、その小説には誰もに好かれる華やかな面と、暗く深い面が両方入っているのだろう。そして実のお姉さん含め、人生に常にご本人ともうひとりの女性との葛藤がつきまとうだろう」と言ってくださって、なんて当たってるんだ！と思っていたんだけれど、解決法は特に書いてなかったし、この人生では解決しないのかもなと普通に捉えている。

ひょんなことから自作の脚本を書くかもしれないことになって、プロットを軽く脚本に起こしてみた。

そして初めて気づいた。

地の文の深みがなければ、私の小説はほんとうに「単なるちょっといい話」以外の何ものでもない。うすうす知ってはいたが、ここまでとは　笑！

これまでどんな偉大な監督が脚本を書いても、たいていの場合（若木さんとこれから上映されるリサ〈・スピリアールト〉さんの『N.P』以外）は、「ちょっといい話の映画」になってしまった。

私は何回もアドバイスをした。このエピソ

ードはこのエピソードにつながっていて、だからこそこの小さな言葉を外しちゃいけないんだと。でないと闇が表現されないと。

しかし、どうしても彼らにはわからなかった。

そもそもちょっといい話だから映画化しようと思ったのに、なんでちょっといい話にしちゃいけないんだと言われ続けた。

そりゃそうだ。

でも、私の小説に惹きつけられたとき、実は彼らは「ちょっといい話」に惹きつけられたわけではない。

「ちょっといい話」というお皿に入った、人生の苦味、世界の深み、神秘。

それこそが私の小説なんだな、と思う。

夜のジャスミン

行動がすべて

（メルマガとしても個人としても
かなりギリギリのスリリングな回）

◎今日のひとこと

引き寄せを語るまでもなく「こう生きたい！」というのを素直にがんがん実行していくと、わりとどうでもいいものや、さほど興味のない場所や人が、遠心分離機にかけたのでは？　というくらい振り落とされていきます。

向かっている引退計画の壮大な流れの中で、自然に落ちていくのです。

残ったものが「あれ？　ほぼひとりぼっちだし、気づけば手になにも持ってない？」と

たれてる

思うくらい少なくても、後悔はしない。

だって人生は有限なのですから。手も2本しかないし。


あくまで例えばですが、自分の大切な人が、麻薬中毒だったり、無職だったり、ムショ帰りだったり、なんでもいいけれど明らかに問題ありの人とつきあっていてその関係の大切さを理解してと説得してくる場合、なぜか人って細かい条件を見ようとするんですよ。

「でもここに関してはがんばっている」「とてもいい人」「最近入院治療してもう立ち直った」「働き始めた」「天涯孤独だからしかたない」などなど。

だからわかってあげなくちゃだめかなあ？ というふうになぜかなるんですよね。

そこはもっと大きな地図を見ようよ！ と思うのですが、渦中にいる人って決してそうは思えないんですよね。多分、「思っちゃ悪い」がいちばん近い感覚かも。


面接を受けに来た人が、ものすごく感じが良くて熱意に満ちていたとしても、履歴書を見て転職を十回もしていたら、「うぬ？」と思うではないですか。

それと同じなんですよね。人は行動が全て。


ちなみに、別の例もあって「とにかくこちらで長く働けたら」と言っていた人が、実は前の会社から籍を抜いてなくて（そこはないしょにしていた）、こちらがバイト扱いになっており、こちらでもめたら元の会社に戻っていったということもありましたが、これも「良い人かもしれないが」、「行動が全て」と判断するべきでしょう。

なんかおかしいなあ、こんなに良い人で、楽しくて、明るくて、面白くて、いっしょに笑ったりしゃべったりしていると時間も忘れるほどの人なのに、なぜ一歩離れるとちっとも会いたくないの？　すごく疲れてるの？　とか、ほとんどずっと笑顔なのに、なぜふっと思い出す顔は笑顔じゃないの？　とか、そういうサインはちらほらとあるとしても、そこまで勘を使う必要は実はなくって、結局全ては現実の履歴に現れています。

「待てよ、あの人が最後に財布を出したのはいつだ？」「すごく忙しい人だけれど、一度でも遅刻しないで来たことがあるだろうか？」「酔っ払うと人をあしざまにののしるけれど、まさかそれこそが本音なのか？」「さりげなくだがいつも人にいろいろ指図してはいないか？」「これまで仕事で組んだ人とあの人が全員うまく行かなかったのは偶然ではないのではないだろうか？」

その人の歩いてきた歴史に、全てが出てしまっていて、言い訳などなにもきかないのです。

なんて怖いことだろう、そう思って自分を見ると、やっぱりデコボコしたことばかりの道のり。

ずるいこともしただろうし、失敗したジャンルのほうが多いくらい。でも、だれだってそうだからこそ、なるべく行動で表したい。行動でしか表したくない。

そうは言っても、小説以外には全くもってアホな私。

前にこえ占いちえちゃん[*28]と話していて、世間話、ぐちでもなく普通〜の話の流れの中で、

1、「だれにでも『あなたはクズ』と言うらしい占い師を紹介されたけど行かない」

2、「長年のつきあいで資金援助もしていたが彼女の結婚式に呼ばれなかった」

3、「病室で父と過ごした最後の時間になぜかさほど親しくない他人がいた」

　と言ったら、

1、「その人こそ、よく『あんたはクズ』って人に言う占い師を友だちに紹介できるな」

2、「あんたよくその人とまだ親しくつきあってんな」

3、「そりゃだめだろう、その人。ちょっとの時間でも部屋を出てやれよ」

　とあっさりとちえちゃんが言い、

「やっぱり？」と私はのんきに言い、自分のそういうところはぼんやりしていてすごくいいところなんだけれど、確かに良くないよなと心から思いました。

　反射的ないくつかの言葉が、私の目を覚ましてくれたのですね。

　それが出るまでに生きてきたちえちゃんの道が、行動が、曲がってないからちゃんと響いたんですね。

　そしてそのエピソードに出てきた人たちは、ひとりひとりとても良い人なんだけれど、そしてひとつひとつのエピソードに、聞いてみたらちゃんとした理由があったり後からものすごくあやまってくれたりするんだけれど、それは細部にすぎず、大きな目で見たら、その行動が語っているものだけ見たら、やっぱり何かが出ちゃってるんですよね。

もちろんその人たちを自分の周囲に寄せてしまったのも私の心のカラーの問題で、自分の責任ですから、責める気持ちは全くありません。

人間だし、いろいろあるし、そういうこともしちゃうかもな、くらいで。また会ったら笑顔でふつうに過ごすしなって。

ただ、気づいたからには、言ってもらって軽くなったからには、これからそういうつきあいは減っていくのだろうと、そう思いました。

そして行動が全てということは、「あれこれ考えないでさっとやったことが曲がってないということだけが全て」だから、ほんとうに言い訳がきかないし、待ったなしだし、人生ってほんとうにスリリングだなあと思います。

ナポリの夜景

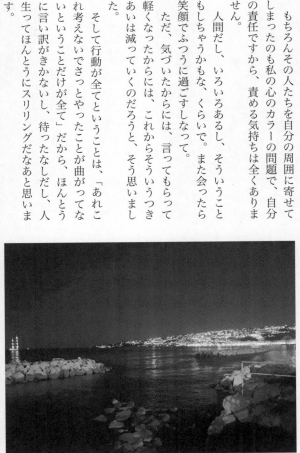

◎どくだみちゃん

楽園

ナポリか、治安悪いよな、怖いなあ。

きっと夜道でまた誰かにつけられたり、野犬がずっとついてきたり、恐ろしい数のホームレスにお金をねだられたり、地下鉄でソースをぶっかけられたり、タクシーでボラれたりするんだろうなあ。

いっそコンビニ袋で行くか。でもそうすると会食に行けないよなあ。

そう思って、行く前はいつも少しブルーになる。

それで、ピザもおいしいし、夜中は出かけないし、ひとりで行くわけではないし、大丈夫だろうと思い直す。

しかし、一歩ナポリに入ると、まるで楽園のような風と甘い色の空に、びっくりするし目が覚める思いになる。

海辺に出ると、いつどの光も美しく海とサンタルチアや卵城を照らしている。

夜になると涼しい風が、人工的な光の少ないきらきらしたオレンジの夜景を揺らしているように美しい。

前にここに来たときは、小さい男の子といっしょだった。今私の右手は誰にもつながれていない。ここでウニやピザばかりを食べたがったあの子はどこにもいない。

あの子を内にちゃんと秘めた大きなお兄ちゃんだけが、遠く離れた日本にいる。

そんな感傷さえも溶けていくほどの、天国の感じに包まれる。

でも彼はちゃんとここまでぶじに生きていてくれて、日本に帰れば会える。

今も悪くない、人生悪くない。こんなきれいな世界にいられるなら。

たとえばワイキキビーチを見ているときも極めて似た気持ちになるけれど、ナポリの海辺にはかなわない。

私はきっと死ぬときに思うと思う。ナポリってきれいだったな、と。

あの景色を見てよかったなと。

「ナポリを見て死ね」という言葉通りの場所だったんだな、と。

ナポリの卵城

神社の周りに俗っぽい街や色街があるのとすごく似ていて、あの街のネガティブ要素はきっと、その特別さに惹きつけられて共存している。

人は楽園を求め、焦がれ、天上にいたときのようには、地上ではそこにずっと存在できないので、たまに思い出すためにそんな場所に行くのだろう。

自分がどこから来たのか。どこへと還っていくのかを。

◎ふしばな

下記の話は全てちょっとずつ現実からぼかしてあります。

でないと、私がつかまってしまいそうだから……。

物語だと思って読んでください　笑！

バッタもの界

ネットのお店の中に少しでも変なフォントや妙な文体の匂いを感じたら絶対買わないし、Amazonで知らない店から高価なものを買うこともほぼしない（ポイントがたまってフエリージのナイロンバッグを買ったことはある）、セールにさえもほとんどいかないくらいに用心深い私なのだが、欲しかったもの（数年前の型落ちの商品で着心地が良かったのでネットで探した）がズバリその型番で売っていたのでつい引っかかってしまった某ブランドの服（ギャルソンではない）の偽物のトレーナー。

安いものだったし勉強代だと思って返品をしなかったが（かかわりたくないから）、そしてはっきり偽物とわかってからは細かく切ってぞうきんにしてしまったが、一見実によくできていたのである。

その寄せ方にはほれぼれしてしまい、ここまでやってるならもういいかな、いっそ着ようかなとさえ思った。

私はよくそのブランドを買うので、いつも洗濯しているしよく接しているからたまたまわかったのであって、私くらい慣れていないと見破れないかもしれないレベルだった。でもよくよく見ると裏地とか、タグとか、ひもの材質がほんの少しだけ、本物より落ちているのである。

「ここでケチして安くするのか……でないとまるっきり本物だもんな！」というのが素直な感想だ。

偽物かもしれないと思うんですが、というやりとりをうっすらと一応してみたんだけれど（タグの材質が本物とは違う気がしますが、みたいな）、その返答がもう傑作としか言いようがなく、「あなたさまがもし会社の社長さまであってもこちらには関係ございません、こちらにも弁護士がおりますから、あなたはなぜそのような言いがかりをしてくるのですか？　当方いっしょうけんめいでございますのであります」などというあらゆる角度から謎の日本語でお返事が来るのである（つまり日本人じゃない）。

やっぱこれはかかわらない方がいいんだろうなあと思い、「申しわけありませんでした、質問してみただけで特に問題はないです」と書いてみたら、「あなたさまにおかしな言い方をしてしまってこちらこそごめんなさい、海外からのメールなので時差がございまして、それがほんとうにすみません」と返ってきて、いや、この話、時差関係ないだろ、もういいよ、君たちは君たちでいっしょうけんめいやってくれ、オレは二度と買わないけどな、と思ってやりとりを終えた。

そんなわけで、この世には、偽物を堂々と着ている人がどれだけいるのだろうか？　この感じだとたくさんいそうな気がする。

昔、イタリアで「P」の工場に勤めている人から割引で自分の持っているほぼ未使用に近いバッグが買えると言われ（すでに話が怪しいけれど、友だちのお兄さんだったし、すごく若かったから）、バックパックを買ったことがある。その人の私物を譲ってもらう形だったので、現代におけるメルカリのようなものだろう。

五年ほど使って、金具が壊れたので修理に出そうとして「P」に持っていったら、なんと偽物だったのである。どこで買ったかなどすごく詳しく聞かれたので、その土地名まで詳しく伝えたのだが、五年前だし後の祭り感あり。あのときの店員さんの、ひとめ見て「これは違う」とわかってからの真摯な対応を思うと、自社ブランドに対する知識の深さにただ感心してしまう。

いちばんの問題点は、五年間もフルで使って全く問題がなかったのなら、それはもう、それでいい域なのではないか？　ということである。

「P」の名誉のために書いておくと、もしもそれが本物だったらたぶん十五年くらいは壊れなかっただろうと思う。
でも、ナイロン製だしもともとそこまでの価格でもなく、強度を期待していたわけではないので、このケースの場合、なにごともなかったのとほぼ変わりない。修理ができなくて、しかも偽物とわかってお返しするわけにもいかないということで、廃棄となったことだけがちょっと悲しいのだが。

そのできごとが私にもたらしたのは、全く正反対のふたつのスタンスで、ひとつは「ブランドものをやたら買わなくなった」ということと、もうひとつは反面教師的に「ブランドものはやはり理由があって高いのだ、ブランド名に払っているわけでもなく、同じ布なのに名前があるデザインだから高くなってるわけでもない、品質が良いのだ」ということで、買うときは正規店でネットを介さず買うようになったことだ。

それによって買い物のしかたも変わったし、やはりすごく良い勉強になったと思う。

よくFacebookの記事にさりげなく出てくる広告だとか、若い人たちがやっているセレクトショップのようなネットショップや路面の小売店のオリジナルの服とか鞄とかって、一見安くて便利でいいもののように見える。でも、やっぱり違うのだ。

縫製が違う、デザインが違う。

ブランド物はいいよという話ではない。単に、ブランド名を背負っていろいろなものを勝ち抜いてきたデザイナーはやはり骨太であるということであろう。また、材料に予算を割いて誠実にやるとどうしても高くなるねということであろう。

私はファッションにそこまで本気ではないが、本気の人は最後には自分のセンスだけを頼りに服や靴や鞄を選ぶのだろうと思う。値段でもブランドでも素材でもない、自分のセンス、すなわち生き様。

その世界の中で、偽物をも使いこなせてしまう人もいるのかもしれないが、私はそこまで上級ではない。

偽物って、ショップからも、サイトからも、なにもかもから、臭ってくるのである。恥とか後ろめたさの香りが。

先日、飛行機の中で、作家や女優の偽造手紙やサインを精巧に作っては売っていた元伝記作家の映画を観たけれど、それと同じだ。

それをまとうということは、恥の香りをもまとってしまう、そんな気がする。

まあ、何年間も偽物の「P」を持って歩いていた私に言われたくないとは思うが　爆笑！

私の昔の友だちで、大学生のときからほんとうに気に入った数点のブランドものを、きっちりと保管してずっと着ている人がいた。

おかげさまで、パーティに行くときなど、その高級ブランドの服をお借りしたりした。貧しくて服が買えなかった頃のいい思い出だ。

彼女はこの世のなによりもファッションに関心があり、実際ハイブランドを扱うファッション誌の編集部に就職した。

私が居酒屋に行こうと言っても、こんなきちんとした服でそんなところに行く気はない、ホテルのバーに行こうというような、いわゆる、ほんものの意識高い系の人なので全く行動範囲がかぶらないのだが笑、彼女を立派だなと思ったことがあって、国内の有名な某うっすらパクリブランド、パリコレとかに出る服の微妙な焼き直しなのは明らかなんだけれど、法には引っかからないレベルでいつも作っているところがあって、そこはいちおうラグジュアリーで売っているし素材もいいのだろうけれど、決して彼女はそのブランドを認めず、どんなに有利になろうとも決して、そこのパーティとか展示会とかには行かないし、カリスマ社長にも媚びないし、自分は記事にしないのである。

長いものには巻かれるべきこの業界で、そこまでファッションを愛してそれを貫いている人がいるのは、すごいことだなあと思った。

◎おまけふしばな
仕事史上最悪の会食

今思い出してもその場から逃げ出したいくらいなのだが、

打ち合わせのとき、親睦を深めて話をもりあげるために、共通の話題のひとつとして、とあるお店の名前を出したのである。下町の、そんなに高価ではないお店だ。

それは某TV番組の仕事で、先方の意図と私の人生が全く食い違っていたために、うまくいかなかった。

私はシナリオをもらって演じる俳優というお仕事ではないので、さらにドキュメンタリーっぽい内容だったので、うそをついて自分の人生を曲げるというわけにもいかず、別にひねくれているのでも天邪鬼なのでもなく、ほんとうに先方の望んでいるような私と私は違うので違うと言うしかない。いつまでたっても平行線のまま、とりあえず撮影は終わった。

もし私だったら、「うわ、この人違う、思ってたのと」と思ったら、そこからさらに新しく発想を変えていって面白くしようとすると思うのだが、全く元の「とてもいい人、前向きで、あったかい人」を変えてくれようとしないのである。そりゃ、むりだ。違うんだもの。

今の私なら「では撮影の打ち上げにその吉本さんの好きなお店に行きましょう」と言われても、絶対に「けっこうです」と言ったと思う。疲れてますし、みなさんもこれから編集したりたいへんなので、どうか気にしないでください、と。

しかしまだ微妙に若くてアホだった私は、「予約してるから悪いしな」「この人たちもお腹が減ってるだろうから、経費でおいしいものを食べたかったかもしれないもんな」と思って、言われた通り家族を伴ってそこに行ってしまったのである。

私は自分の行きたい店（高いところは鮨屋と天ぷら屋以外には基本ない）には、自分のお金で自分の好きな人と行ける。打ち上げでないと行けないようなところがあったとしても、行きたいからと仕事を受けたりはしない。冗談ではよく言うけど。

そして、その場の雰囲気と言ったら、最低だった。

もう収録が終わっているので、だれひとり私や私の家族に全く興味がない。ひとかけらもない。「カメラが回ってないんだからいなくていい」くらいの感じだ。収録中はいちおう関心があるふりをしていたのだが、もうそんな演技はしなくていいわけだ。だから私のおすすめのお店の食事にももちろん興味がない。

思ったような感じではうまく行かなかった撮影を、これからどうやってなんとかするかで彼らの頭がいっぱいなのがダダ漏れ。

「もうすっかり終わったのに、時間もないのに、ここに連れてくるっていうご褒美で吉本さんを釣っちゃったから、いっしょにごはんを食べざるを得ない。お金もかかるし、いやだなあ、ほんとうに早くこの時間終わらないかな」というのが彼ら全員の顔の表情全部からダダ漏れなのである！

違うんだ！　全てが違う！　見てるものが違うんだ！　と立ち上がってお金をたたきつけて帰りたかったが、相手には悪気はないのだから、そうも行かぬ。このような場面に家族だけではなく「自分を」決して連れて来てはいけないのだなと、私は心から思った。

大好きな店なのに全くおいしく感じられないし、いやすぎて気が遠くなってきた。そして誰ひとりその場にいたくない会食だから、ずっと針のむしろのようであった。目の前が暗くなってきて、大好きなそのお店がちっともいいお店に思えなかったくらいで、食べ終わったときには心底ホッとした。

失敗としか言いようがない経験だったが、とても大切な経験だった。

同じような雰囲気になると、ものすごい勢いでこの仕事のことを思い出して逃げ出せるようになったからだ。

ものかげのバラ

もっとてきとうに

◎今日のひとこと

「適当」ってだけのことはあって、人生って、それがいちばんいいに決まっているのに、人間ってどうしてついつい深刻になってよけいなことをしてしまうのでしょう。

このことを考えるといつも思い出す瞬間があって、今は引っ越してもう行かなくなった美容院のことなんだけれど、今思えば、ちょうど店長さんとそのアシスタントさんの若い女の子がつきあいはじめて、お子さんもいるのに離婚にまっしぐらだったのかなあ？　という感じ。

オオハシのリング

店長さんが家を出ちゃう直前というか。

今はどうしているのかわからない（どうしてるかな〜、と思って見たFacebookのトップ写真がいきなりピンボケで、投稿たった三件。しかも意味不明の写真だけ。インスタは投稿ほぼなし。やるなあ！）のですが、ふつうなら「不倫？　やめとけや」と思う私なのですが、そのカップルに関しては「これはもう、しかたないかもな、これだけ合ってれば」と思ってしまったんです。

よく遊びに来ていた店長さんの奥さんは、育児がたいへんでわりとキリキリしたきちんとした感じ。

店長さんは正反対でとてものんびりしていて、マイペースの極みみたいな人だったので、うわあ、この家族きつそうだなとは思ったのです。

でも夫婦ってそういう時期もあるし、がんばってね〜、みたいな。

まあ、そういうわけで、別れちゃったんですけどね。

アシスタントさんの若い女の子は、これまた彼に輪をかけたマイペースさで、少しでも圧がかかったりめんどうなことが起きると、全て投げ出して寝てしまうみたいなのんきなおじょうさんで、見た目もかわいくてりすのような感じ。

一度ものすごいデカいドライヤーで頭を乾かしてくれたことがあって（そのほうがウェーブがよく出るからって）、「すごい大きさですけど、すぐ乾きそう、ただ、重くないですか？」と聞いたら、彼女は「う〜ん、ずっと持ってるとさすがに重いですけれどね」と言ったあと、横の台にそれを置いて、いつもしっかりと目上の人には敬語を使う子だったんだけれど、そのときだけ「重かったら、こうやって置けばいい」とタメ口で言ってにこっと笑ったんです。

これはもう好きになっちゃってもしかたないなと思うキュートさで、それ以来なにか深刻な気持ちになったり、重いものを持っていたりすると、彼女のことをいい感じで思いだすのです。

一面の黄色

◎どくだみちゃん

このことは前に「夢について」というエッセイに書いたことがあるので、知っている人がいたらごめんなさい。前に河合隼雄先生が「この話はもう少しくわしく聞きたい」とおっしゃっていたこともあり、天国の河合先生に向けて書いてみます。

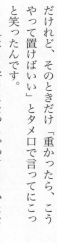

深刻さ

小学校のときにクラスでいちばんスポーツ万能で、モテモテで、キラキラだった男の子がいた。週に六日もいろいろな塾に通い、ピアノも弾けるし、英語もできるし、とにかく優秀だった。

　私の親友はその子を好きだった。

　結局その恋が叶うことはなかったけれど、彼を好きな彼女のかわいい様子はよく覚えている。いつも彼を想っているのに、どこかさっぱりしているのだ。

　彼はその後、かなりの進学校に行ったが、すっかり勉強に疲れてドロップアウトしてしまった。

　親御さんは彼にとても期待していたので、すごく失望したみたいだった。

　大学の頃、浪人していた彼の人生の相談を受けたことがきっかけで、何回かデートのような感じで彼に会ったことがある。たまたまふたりで会っていただけで、全く恋愛的なものではなかった。私は男女問わず特にふたりきりで会うことを避けるところはなかった。

　私は「つきあうかもな」と思ったことが心の遊びではかろうじてあったけれど、正直重いなとも思っていた。

　彼の持っているとてつもない重さが、大学生の私にはありえなかったんだと思う。

　彼といっしょにいると、どんどん肩や頭が重くなってきて、人生というものが果てしなく大変に思えてくるのだった。

　ちょうどその頃、私は彼氏に浮気（そっちが本気だったらしく、そのあと私と本格的に別れた）されていて、あいまいな時期で気持ちがすごく暗かったのでちょうど彼と遊ぶのにフィットしていたのかもしれない。

ふたりで会うのはやめようと言い出したのは、どちらからともなくだった。

私にとって彼はそもそも友だちなだけだったが、浪人だった彼にとってはハンパに異性と会うというのがよくないことだったのだろう。

私には今でもその傾向があるけれど、振るのだけは気持ちが重いからいやなのである。だから、それくらいなら「こっちがそっちを死ぬほど好き」と思われて振られたい、そういう変なところがある。

相手には最後まで好きだと言い続けて、うそでもいい思い出を残したい、みたいな。

これでよく人に気持ちの問題を説いてるなと思うんだけれど、もう恋愛どころの年齢じゃないし、時効だからいいかと思っている。

もちろん、そのあとも私たちは幼なじみを交えて何回も会った。

彼は大学に受かって、初めての彼女ができた。

バイトしながら彼女とつきあっていて、人生でいちばん今が幸せだと言っていた。

移り気な男の子たちに疲れ果てていた大学生の私たち幼なじみ女子グループは、彼のあからさまな熱愛ぶりをほめたたえた。

「彼女のことが心配で心配で、好きで好きで、絶対守ってあげなくちゃと思うから、いつだってデートのあとは家が遠い彼女を電車にいっしょに乗って、駅から歩いて家の前まで送っていくんだ。彼女が家に入ったのをしっかり見届けていると自分は終電がなくなるから、駅で朝まで過ごすんだ」

と、彼は言った。そしてこんなことも言った。

「誕生日にプレゼントをあげようと思って、あまり好きじゃないものをあげてもしかたないから、ほしいものをそれとなく見ていて、それが今年はちょっと高い指輪だったから、バイトの時間を三倍に増やして買ってあげたんだ」

そこまでしてもらえるなんて、うらやましい、自分の彼氏たちに爪の垢を煎じて飲ませたいものだ、と女子がときめく中、昔彼を好きだった私の親友だけが、淡々とこう言った。

「な〜んだかちょっと、彼は、深刻すぎるんじゃないかなあ」

やきもちでないことは、その心からそう思っているであろう彼女のさわやかな口調でわかった。

そのあと数年して、彼は自殺した。

いつもみんなで彼の実家に行ったとき、下の道路から声をかけて、彼が「は〜い！」と顔を出してからしばらくして階段を降りて出てきた、あの窓辺で首をつったのだそうだ。

なにがあったのか、彼女と別れたのか、人生に疲れたのか、今もだれにもわからない。

ただ、告別式のあいだ、私の耳にはずっと、親友のその言葉が響いていた。

そして、ふたりでお昼を食べたとき、彼が二階の店から出てすぐ、階段のいちばん上からころげ落ちたことをなぜか突然思い出した。

抜群の運動神経を持っていた彼はうまく体を回転させて、両足で体操選手のようにすとんと着地した。

「すごい！」と私は言った。

「まかせて」と彼は言った。

あんなすごい才能が、深刻さというものに奪われたのだとしたら、悲しいなと思う。

深刻になっていいことなんて一個もない。帰り道はできる範囲で送っていけばいい。誕生日には買える範囲の心のこもったプレゼントがあればいい。ふたりで笑顔でいられたらそれでいいじゃないか。なによりも、生きていなくちゃしかたないじゃないか。

後年、遠距離恋愛をしたとき、なぜか私にホームまで送ってもらいたがる人がいた。

私は近所なのでそこからタクシーで帰るから、見送ってあげても別によかったのだが、彼の乗った列車に手を振って、ひとりで酔っ払いの中をすりぬけてタクシー乗り場に向かうとき、なんとなくその死んだ彼と、それに関する親友の言葉を思いだすことが多かった。

私のこの弱気な性格だから、じめじめ引っ張って、もちろん彼に振られた形をとったんだけれど実はそうじゃない。自分を見送って君は夜道をひとり帰ってくれと思うような人だった段階で、私の気持ちはもう終わっていた。

そのことを彼は一生気づかないだろうと思う。最後の最後まで、私が彼を熱愛していて、自分が振ったと思っているだろう。でも実は私は彼に別れ話をされてすぐに、その前に告白されていた人とつきあいはじめた。晴れ晴れとして。

「私って、性格悪いわ〜！」

深刻に自分の闇を考えずに、そのくらいにしておくのがいいんだと思う。

どくだみちゃん

◎ふしばな

ブレ

　この話はとてもデリケートな面があり、子どものいないご夫婦、またはほしくても恵まれないご夫婦を悲しい気持ちにさせる可能性がある。

　でもやはり書こうと思う。

　最近、うえまみちゃん[*29]とお茶をしているときに、「不労所得というのはたいへん危険なものだ、そのぶん必ずなにかでツケを払わなくてはいけないことになる。それが命でないことだけを願わなくてはいけない」という話をしみじみとした。

　これは実感としてあるもので、左記のたとえだが、うえまみちゃんも全く同じことを違うエピソードで言っていたので、ふたりとも同じ意見だったのだと思う。

　私が大家さんとして毎月友だちに安く貸していた家がある。安く貸していたし、少しがんばればそのぶんの収入を自分で稼ぐことはできるのだが、いざ友だちが出てしまいそのぶんが入ってこない月があると、なんとなく気持ちがきつくなってくるのである。あのお金をいつのまにかあてにして、人生に大きな影響を許していた。

　もうひとつ、私は五月までブログをほぼ無償でやっていたのだが、Amazonのアフィリエイトで入ってくるお金が、少額なのだが半月分くらいの本が買えて、本をバカみたいに買う私にとって、ほんとうにバカにならないのである。毎日ブログを書くのを一年でやめることは最初から決めていたのに、ふとよぎるのである。

「そうか、来月から本は自費になるんだなあ」と。

　もともとありえない額で五千字とか毎日書いていたのだから、そのくらいもらうべきだとわかっていても、なんだかちょっと後ろ暗いような気分もあるのである。

　書くことがいちばんだいじすぎていろんなことがおろそかになっちゃってるほどの「書くバカ」の私をして、小さな欲が生まれている。こういうものなのだから、ほんとうに恐ろしい。

　そのくらい不労所得は人にひそかに影響を与えているのである。一見すてきなことのようで、実はいくら用心しても足りないくらい、怖いものなのである。

　バリの丸尾孝俊兄貴[*30]なんて大家さん業をやっているぶん、本能的にむちゃくちゃ人を家に呼んで、休暇がないレベルになっている(ちなみに私と作った本の印税も全額寄付されました）。そういうものなのだ。それはこの世の理で、不労所得でほんとうになにもしないで（働かないという意味ではなく、ほんとうの意味でなにもしないということ）、すごく楽しくてうまくいっている人というのが、意外にほとんどいない。知り合いが少なくとも千人以上いる私でも、ひとりも知らない。

それと同じで、成人になってから子どもを育てるという経験、自分よりも大切なものを持つことがない人生を選んだ人、そして選ばざるをえない流れになった人は、やはりその時間を「他者のために」なにかの形（ボランティアとかではない。たとえば介護とか、専業主婦ならずっと心をこめて夫を愛するとか、他者を救う仕事をするとか、まわりに対していつも明るくあるなど、その人が本気でできること）で心をこめてむちゃくちゃ激しく使わないと、かなりキツいことになるのではないかと思う。

前の恋人と別れ、今の夫と短い間暮らした上馬の数年間、それは私にとって生活圏が三茶から松陰神社、世田谷上町あたりまでにあって、しかも子どもはまだ持っていないという時期のことであったが、今でもそのあたりに行くと、風景に重なってあの頃の自分のぼやけたブレがよく見えるのである。

私たちは子どもを持つ気がなかった。お互いにものすごく仕事が忙しくて、それどころではない時期だったし、出会ったのがすでに四十近かったから、考えもしなかった。

しかしなぜか子どもができて、天国と地獄をいっぺんに見た。

でも私はあれを（過労で死にかけたのに）やっぱり地獄とは呼べないのだ。

人生でいちばんすばらしい時期だったと思う。

ずっと一人ぼっちだった私が、初めてずっとだれかといっしょにいた。そしてそのだれかが世界でいちばん好きな人物は問答無用で私だった。

これからどんなことになっても、その事実がこの母子から消えることはないだろうと思う。

ママ友というものは環境が近いからどうとか、育児経験をしてないから話が合わないとかではない。そういうことではなく、人の親を経験するということは、自分がいちばんだいじなんかではない、自分は常に二の次だということを肌で知ることである。

三茶時代の自分のブレは、余力があることから来る、自分をいちばんに置くことからくる、ゆがみのようなものだったように思う。

雇う人、行く場所、住む場所、友だち、ペットシッターさん、動物病院、習い事、全部が間違えていた。なので当然トラブルになり、いつもかなりたいへんなもめごとの中にいた。

その間違え方がちょうど、「余力」の分量と同じ感触なのだ。

余力がなければ、間違えている余裕がない。だから余力がありすぎると、逆に自分に重きを置きすぎている分、なぜか「自分に対していくら注いでも足りない、だから余力はない」という気分になって、同じ分量だけの変な力が入っているので現実がゆがんできて、選び方を間違えてしまうのだろうと思う。あるいはなににだかわからない罪悪感がわいてきて（自分のことばっかりやっていると、欲にきりがないから）、あえて間違わせてしまうのだろう。

当たり前だが、これは「子どものいない人はもっとなにかしなさい」と私が思っているという話ではもちろんない。

ただ、出産育児にあてるあれだけの大量の潜在エネルギーを女性が体の中に持ったままで無邪気に行くというのは、トータルで人生を見たらたいへんに危険なことだというだけだ。

働いていない男性というものにも、全く同じことが言える。

しそ

後の人にゆずる

◎今日のひとこと

こんなに長い時間も、お金も、手間もいろんなものをかけて、子どもを育てて、たったひとつほんとうに学んだことは、「心からゆずることができる」ということだけなんです。

おいおい、本当かよ、それ以外に何か成長してないのか？　と聞かれたら、とても情けないけどそうだとしか言いようがありません。

たとえば、滑り台の上に自分が座っているとします。変なたとえだけれど。

さあ、今から滑るぞ！　というときに、五

あじさい

歳くらいの子が来て、「おばちゃん、先に滑らせて」と言ったとする。

もちろん若いときの私もゆずってあげたでしょう。

でも、ちょっとだけ頭の中で考えると思うんです。ほんの数秒。

「やっぱチビとはりあったらまずいだろうな」とかね。

それが、全くためらいなく、体と心が同時に動いて、いいよって脇によけるようになった。

ただそれだけのことに、こんなに時間がかかるなんてどうなの？　エゴが強すぎ？　と思うのですが、すごい変化だと言えなくもないので、すごい変化だね、と自分で思ってあげることにします。

新玉ねぎ

心から、ああ自分の時代はもう終わって、しがみつかなくてもよくて、なんでもどうぞどうぞとゆずれる。こんなに楽になれるなんて、思ってなかった。
アグレッシブな現役感を捨てたらきっとダメになるんだと思っていた三十代の自分は、

全くもって違ってたんだなと思います。

◎どくだみちゃん

大きな木が倒れるとき

私のお父さん、入れ歯外して寝てる顔は、ほとんど死んだ人だ。
もうすぐなんだ。

お母さん、意地悪ももう出ないなんて、そんなににこにこしてるなんて、もうそんなに長くないんだろうな。苦しくなさそうなのだけが、嬉しいな。

ミヨさん、このあいだまでは私がわかって、とうとうと人生について語っていたけれど、最後だってわかっていたからなんだね。今はもう何も話さない。

ふつうに自分の家で寝て起きて、支度をして、家族に会って、そんな当たり前のことがいちばん幸せだって言ってたね。

おじいちゃん、つい去年までいっしょに露天風呂に入ってたのに。いっしょにたくさんの階段を上ったり歌ったり卓球したりしたじゃない。こんなに急に弱っちゃうなんて。家に行ったら必ずりんごを剝いてくれたのに。ほしいのはもちろんりんごじゃないよ。生きててくれるだけでいい。

手を握ったり、話しかけたり、おしめを替えたり、体をふいたり。

してもしなくても実は関係ない。会ってなくてもある意味同じなのかもしれない。この

コロ助と

世のとあるところにあの魂は確かにある。

そこに大きな木があったことを宇宙は忘れない。

思い出すとき、今の弱った姿ではなく大きな木の頃を思う。

その木は世界の中の秘密の場所に、永遠に立っている。

木陰を作り、風や雨にさらされ、小さき者たちを守り、偉大な気配を宇宙に発信している。

永遠に。

◎ふしばな

ゆずらないケース

これはあまりの衝撃に日記に書いたことが

あるので覚えている人もいると思うけれど、無料のブログはあまりにも大勢の目に触れるので、書けなかったところまで詳しく書きます。

うちの子がまだ五歳くらいの頃のことだ。京都出張があり、連れて行かざるをえず子どもも連れて行った。金曜日だったので比較的新幹線が混んでいて、目立ちたくなかったのでグリーン車に乗った。

すると、隣の席に、すごい人たちが並んで座っていた。

男性の年の頃は二十代。なんとなくゴールデンボンバーを想像してもらうと早いと思うのだが、典型的な金髪シャギーのホストくんで、白っぽいスーツを着ていて、顔立ちはまだ少年の面影が残り、かわいらしかった。

女性は窓側なのだが、髪の毛は茶とオレンジ。ピンクハウスというかインゲボルグというか、ひらひらでレースがついた白っぽい柄模様の華美なそして素材のいいドレスを着ている。そして年齢はどう見ても七十代。真っ赤なルージュとものすごいマスカラでまつげもびしっとしている。ボストンバッグの他に小さなキラキラの高そうなバッグを持っていて、がりがりに痩せていて、まあとにかく全体的にお金もちだということはわかる。

「これってほぼ介護だよな」

「ほんとうに金で買えないものってないんだな」

などと思い、私は観察を終えたのだが（だってこの人の人生最後の夢見る乙女旅だったら、じろじろ見たら気の毒じゃない）、うちの子どもが、それはそれはもう興味いっぱいの全くそれを隠さない視線で彼らをじっとじっと見つめているのである。

「あんまり隣を見ちゃダメ」とスマホに書いて息子に見せたほどであった。


きっとこのおばあさんは、若い頃に、すてきな恋人といっしょに新幹線に乗って旅に出るのが夢だったんだろうな、その時代のすてきな服とかバッグとか靴に、今のいでたちはとてもよく似ているものな。おじょうさまの避暑という感じだもんな。ホストと旅という感じはみじんもないもんな。

こんなことがしたかった若い頃の時間を、今過ごしているんだろうな。

しかし、この人たち、泊まったらもしかして何かいちおうするのだろうか？　コワ〜！

手を繋いで寝ても怖いし、腕枕でも怖いし、裸を見せても怖いし、やってももっと怖いし、何でもかんでも怖い。

ホストって大変だなあ。本当にすごいな。雰囲気から察するに「お得意様をお送りしている」という浅さではなかった。

そんなことを思いながら窓の外を見たりいろんなことをしていたのだが、そのホストくんがまた立派で、車内販売など来ると、「なにか飲みますか？　あ、僕が買います。すいませ〜ん、オレンジジュースをください」などとかいがいしくお姫さまに仕えるように世話を焼いてあげている。


やがてうちの子が新幹線の揺れに酔っていきなり吐いたので、彼らの美しい世界がすっかりだいなしになり誠に申し訳なかった。

まあ、となりに変な人たちがいた、それも

彼らの運命だったのでしょう。

あんなにも若いのに彼が、あのおばあさんにも、私たちにも「俺は仕事だからしかたなくこのばあさんと旅をしてるんだ」という感じをみじんも見せないのは立派だと思った。まるでプラトニックな恋人のように寄りそっていた。

おばあさんになって、お金があって、もしかしたらひとり暮らしで。孫のような年齢の男の子と旅行に行ってしまう、これは、全くゆずってないいい例であろう。

その行動を悪だと思っているわけでは決してなく、また、彼だってそれで稼いでいるプロフェッショナルなのだから、その職業を咎めているわけでも全くない。

みな事情があるわけだし、好きに生きたり、稼げばいいだろう。

ただ、男女を逆にしたらすぐわかると思うんだけれど、自分の娘や孫ほどの人と性的にからむというのは、どう控えめに考えたって相手の人生に深い傷を与えることになる。

相手がお金を取っているプロでもそれは同じなのである。「みんなと」「この人はやってるんだから」「仕事だし、お金を払っているんだから役立っているし喜んでくれている」という理屈なんだろうけれど、「自分が」「子どもくらいの年齢のこの子に欲望を見せる」ということは決してすりかえられない何かなのである。

この子の人生のために、自分の欲望はゆずってやらなくちゃな。

それが多分、私の学んだことなのだろう。

おかしいなあ、バロウズとかデュラスのように、年取ってからうんと若い子とつきあえるかなと思っていたのに。なまじ子どもを育ててしまったがために、できなくなってしまったじゃないか（ところでさっきから聞いてりゃだんなはどうした？）。

いやいや、フォローではなく、夫が長生きしてくれて、自分も生きられて、なるべく長く一緒に暮らすのだけが夢というありふれた自分にびっくり。でも、良かった。

たとえば『中学聖日記』[*31]は大人になれない大人同士の恋愛の話なので全く嫌悪感はない。それとこれをいっしょにするほど、アホではない。

しかし、何回か中年女性に自分の子どもを性的な対象として見られたことがあり、そういう奴には「反吐が出るぜ！」と素直に言えるようになってしまった。若い頃は人を殺して食べちゃった佐川君[*32]のことさえ「人間には、そういうこともあるのかもしれないな」と許容しかけていた私。狭くなったのか、広くなったのか。

多分、一回転して広くなったのだと信じたい。あるいはこの狭さは成長だと。

生活の実験

◎今日のひとこと

ふと気づいたのですが、冬の私はほとんど同じ服を着ているのです。

要するに冬服が極端に少ないのです。

そして大好きな夏は、がんがん外に出て真っ黒になって、汗だくになって、何回でも着替えたいのです。だから夏の服、しかも家で洗えてすぐ乾くやつを何枚でも持っていて、しかもたくさんあってもわりとくまなく着ているのです。

サンダルだって二十足くらい持ってるのに、冬のブーツは三足。

力の入れ方が違うというよりも、冬は決ま

チャリ

った感じでじっとしてるのが好きなのかもしれないです。冬眠？

でも冬が好きな人だったら、冬の服やコートを何枚も持っているだろうし、靴ももっとたくさんあるだろうし、ほんとうに人それぞれ世界って違うんだなあと思うのです。

そして人は、自分に合う世界を生きるのがいちばんの幸せだと思うのです。

もし「夏は数枚しか服を着ないでくりかえし洗ってお金を節約しなさい」「冬は豪華な毛皮のコートを何着も買ってあげる」と言われても、私の場合は全く心が楽しくならないように、この世にはいろんな人がいて、みんなが自分の好みを大切にするべきだなあと思います。

そして自分と人は違うということを、みんなが認め合うほうが平和だろうなあと。

「また夏の服を買って！」と姑（いないけどさ）に言われても、きっと私はアホみたいに古着のワンピースを買いまくるでしょう。

「え？　買ってないですよ、このあいだのと同じですよ？」ってうそを言ったりしながら笑。

どんな時代になってもそんな抜け道を探しながら、まだまだ楽しい気持ちでいたいなと、ただそれだけを願っています。

子どもが戦争に行くとか、愛犬や愛猫を軍に差し出すとか、そんなことがない時代、生活をちゃんと楽しめる時代にいるというだけで、言い知れない感謝がわいてきます。

そしてそんな体験を乗り越えてきた人たちがいてからの今なんだということを、やっぱり忘れないでいようと思います。

それをふまえて、こんなささやかながら終わることのない生活の実験ができる幸せをいっぱいに嚙みしめたい。自分に少しでも最適な方法というのを、時代の流れとともにずっと考えていきたい。実験していたい。

たとえば夏服が得意なブランドには夏行って、冬服が得意なブランドでは長持ちする高価なものだけたまに買うとか。

Netflix と Amazon プライムと Hulu とどれが自分にいちばん合うんだろうと考えるとか。

書くのは Pages か Word か Ulysses のどれがいいのかと悩むとか。


ささいなこと、つまらないこと、大きくないこと。

そういうことのほうが、実はきっと大切なのです。

それができる時代が、平和なのです。

前、ウィリアム・レーネンさんが「あなたがハゲてようと太ってようと、宇宙は全く気にしません、もっとましなことを考えてください」と言っていて、それはまあ極端な意見かもしれないけれど、ある意味ほんとうのことで、はっと冷静になります。

自分の生活が自分にいかにフィットしているかをいつも探していれば、実験していれば、ウィリアムさんが言うような意味で、「自分がどう見えるか」ばかりを気にするよりもも

これから家具が入ります

っと大切なことを見ていられるような気がします。
自分がなにに幸せを感じるかを試行錯誤し続けていることこそが、小さいことのようで正しい方向を指し示してくれるような気がします。

◎どくだみちゃん

貝のみる夢

友だちの家に手みやげを買おうと思って、理屈ではお菓子とか消え物がいいと思っていたんだけれど、どうしても買わなくてはと思ってしまったのは、大きなマンモスのぬいぐるみだった。

迷惑なら私が引き取ろう、だって、あまりにもすてきすぎるし、前に飼っていた犬の背中によく似ていて切ないし。


そう決めてから軽くジュエリーコーナーを見ていたら、クリスタルでできた貝のネックレスを見つけた。

海で昔よく拾った、宝貝の形。

今はもう宝貝など落ちていない。海は変わ

ってしまった。昔は顔をつけるだけで、ゴーグルさえしていなくても、色とりどりの魚がいた。底にはエイがいたし、小さなイカが目の前をよぎっていくこともよくあった。

私の幼い頃の海の友だちたちは消えた。

あの海は生きているように見えるが死の海に変化してしまった。

いつかほんとうに涸《か》れてしまうのか、人間なんて消えて海のほうが復活するのか、まだわからないが。

あまりにも眠くてネックレスを外し忘れて寝てしまったら、何回も何回も海の夢を見た。

これから泳ぎに行く夢。海はあるが水着がないのでそのへんで水着を買う夢。海の中にいて魚を追いかける夢。

目が覚めて、ああ、貝が見せてくれたのだと思った。

よくジュエリーやパワーストーンに恋愛や金の欲をたくす人がいるが、そういうことではなくって、この程度のことしかしてくれないものなんだと思う。

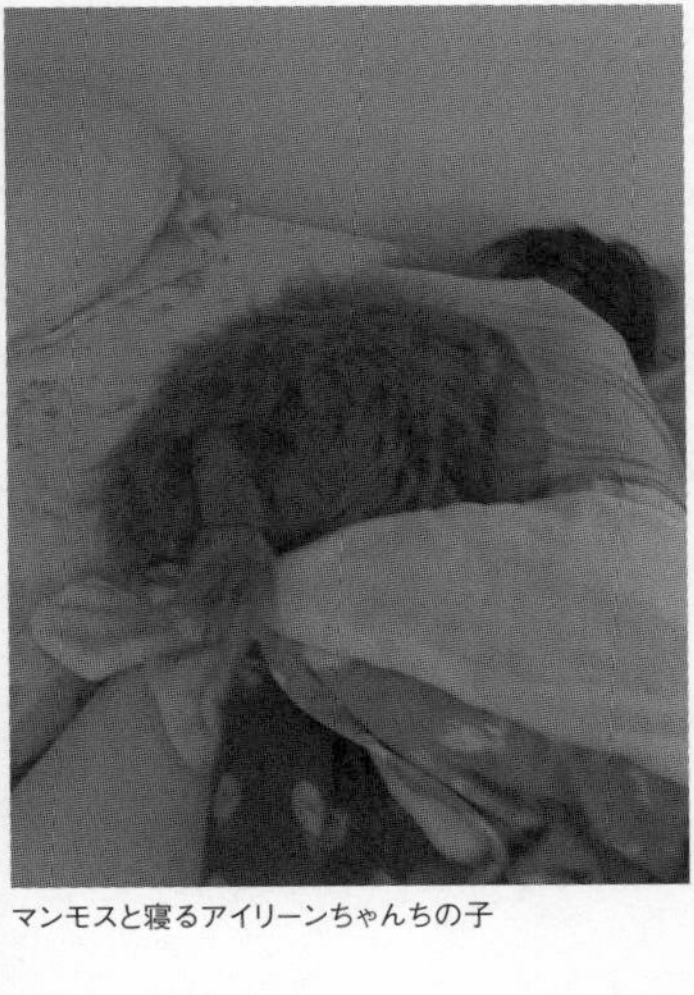
マンモスと寝るアイリーンちゃんちの子

そして、この程度がかわいくていちばんいい。

◎ふしばな

自然さ

人前に出る仕事があまり好きではなくて（何回も書いていることだが、前後がどうしてもその仕事のために忙しくなって文を書く時間が著しく減ってしまうので）、かなりの率でお断りしてしまっている。

基本、来る仕事はなんでもやるという感じだったんだけれど、こればかりはほんとうに書き物を優先したいと思ってしまう。

しかし、近年になって「知っている人がすべて仕切り」「その人たちに会えるのもかねて行く」「来る人も知り合いで久々に顔を見ることができる」みたいなことがたまにあると、ああ、これが自然ということなのだなと思う。

たまに芸能界の人たちの楽屋に行くと、「ああ、この人たちは人前に出ることが仕事であって、ほんとうに自然に出ることができるんだな。むしろ人といない時間が心配なくらいで、私とは逆だな」と思う。自分とは向いていることが違う人がいる、そういう気持ちを忘れないでいようと思う。

珍しいものをたまに見にきてもらうという以外に、自分が人前で話す価値はそんなにないと心から思っていたら謙虚でいられる。

演劇や音楽の舞台の袖にたまにいると、緊

張のあまり手が震えたり、話せなくなっている人がいる。プロだな、尊いなと思う。ちょうど私がゲラを見ているときと同じ緊張感を感じる。これが印刷されてしまうのだから、ちゃんと見なくてはというようなあの後にも先にも進めない気持ち。

なので実験のように、向いていないなりに、自分がどういう形でなら人の前に出ることをいやだと思わないでいられるのかということを、ちゃんと見るようになった。

そうしたらほんとうにあたりまえのことに行き着いた。

会場でお客さんが狭かったり暑かったりして不快な気持ちでずっと過ごさなくていいこと。私の本を読んで、話を聞きたいとほんとうに思っている人が主催者であること。終わったあと、その場にいるみんなが何か小さいものでも、新しい発見を持って帰れるような場であること。

ひとことで言うなら「愛」。

そのあたりまえの結論が、そこにはあったのだった。

◎おまけふしばな

仕事柄、たくさんメイク用品や基礎化粧品をいただくことがあった。今はそうとう減っているけれど、女性誌で連載などしていると、そういう機会があるのだ。

いろいろ使ってみた。

私は基本的にあまりメイクをしないので、肌に合った[*33]「su:m37°」という韓国の化粧品をちびちびとえんえん使っていた。

近年は「ワンダァ・オイル快」[*34]という特別な馬油でほとんど済ませてしまっている。「れんげ化粧水」[*35]も使っていたのだが、O-リングテストで大量に使うと私には合わないということがわかり、大量にばしゃばしゃ使いたい私はあきらめたのである（みんながみんなそうではないと思います）。

外にいることが多いので、日焼け止めとしてsu:m37°のBBクリームを長年使っていたのだが、あるとき突然、肌が「息が苦しい」と伝えてくるのがわかるようになった。人生も折り返し地点だし体のいうことを聞いてあげてみるか、と今となってはファンデーションさえ塗らない。軽く粉をはたいているだけである。

私の仕事場には二十代の最初に買った大きなたんすがまだあり、その扉の鏡に映る自分が、二十代のときよりもずっと楽しそうで生き生きしている。前よりもいい顔になっている。それでいいではないか、多少肌が雑な感じでも。そう思えた。

長い長い実験をしてきて、こんなにもいろんなものを肌に塗ってきて、結論がこれか！と思うと我ながらちょっとたじろぐけれど、後悔のない道だった。少しずつ年齢と肌とライフスタイルに合ってきているからだ。

ずっとなにもしなくてもあまり変わらなかったかもしれない。でも、実験して手をかけてきたよ〜、というのが肌にはちゃんと伝わっていると思うのだ。

おばあちゃんになっていく過程でまたどんな出会いや実験があるのか、楽しみである。

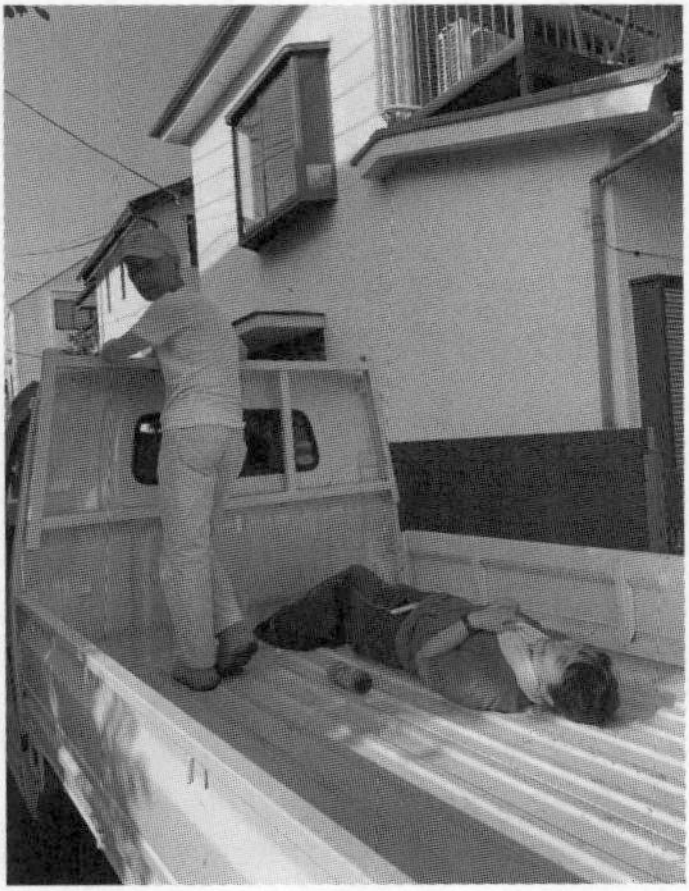

やらせ写真です

自分だけの瞬間

◎今日のひとこと

毎日、めだかの入っている大きなかめに水を足すために、ねまきにしているいわゆるアッパッパーのワンピースを着て、完全にパンツを見せながらしゃがんでホースの水温を眉間にシワをよせながらしっかりゆっくりと確かめ（陽に当たっていたところから最初湯が出て、また冷たくなって、もう一回熱くなる）、ちょうどよくなったところでかめに水を足して、あふれる前にめだかにえさをあげるのですが、その姿をもし写真に撮られたら、ほんとすごいだろうなと思います。

玉ねぎとタルタルソース

それを「ここまでひどい姿で悲惨」というキャプションをつけるか、「いっそ自然ですばらしい」と関連づけたいろんなすてきな写真と共に載せるかで、人心なんて実は簡単にコントロールできるのです。

絶対しないけど（小説の神様にぶたれる）。

ところが、どんなときにも、たとえ九十九％の人が「悲惨」と思っていても、「そうかな、自分はなんだかいいなと思っているな」という人や、同じく九十九％の人が「ステキ」と思っていても、「だらしないな〜」と思う人が必ずいるのです。口に出さなくても、きっと。

そういう人がいちばん信用できたりします。

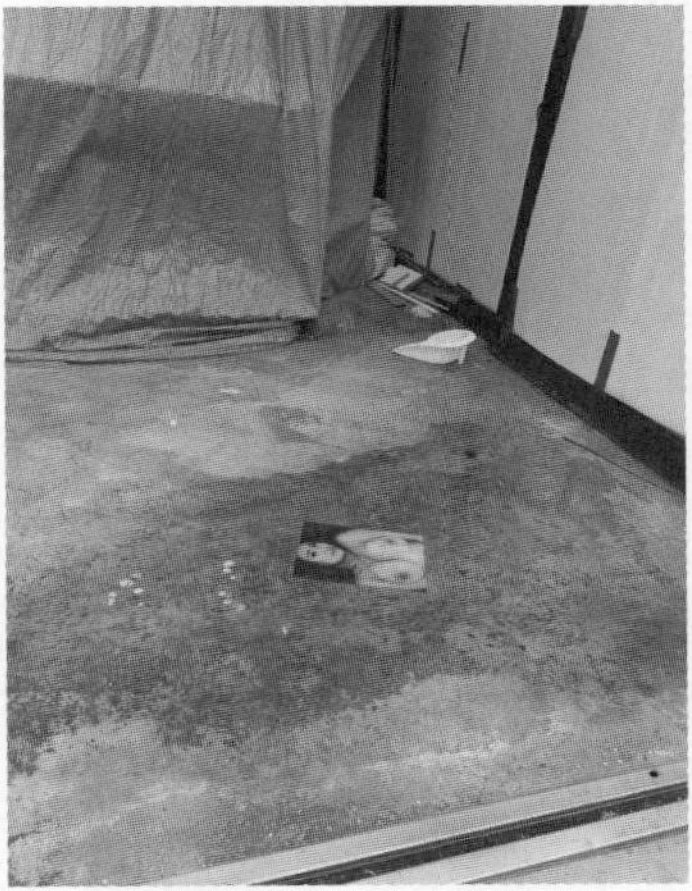
工事現場のエロ写真

◎どくだみちゃん

最高のものは人為的には作れない

考えられないくらい光と雲のショーがきれいな夕暮れに、たまたま海辺にいて。

サンダルはいちばん好きなやつ。靴ずれも

全くできない、足と一体化している。

目の前には冷え冷えのスパークリングワイン。

この世にこんなおいしい飲みものはないくらいおいしい。光を飲んでいるようだ。

それを毎年味わおうと思って、全部同じ条件を揃えると、再現はされるだろう。

でも、決して同じ感動は味わえない。

それなのになぜか、真冬に雪の中を走り回って、冷え冷えに冷えて入った部屋の薪ストーブの炎で、同じ気持ちが再現されたりする。

あと五センチ鼻が高かったら、天下取れたのにねえという美女の。

あと五センチ背が高かったら、モテるなんてものじゃなかっただろうねえというイケメンの。

幻の五センチを永遠に愛でていく、それと似ている。

同じセッティングで、ここをこうして、そうしたらこうなって、だから最高によかった、というセックスと似ている。

決して再現はできない。同じ相手でも違う相手でも同じ場所でも。

人生の瞬間は一瞬で永遠。

だから波が来るのを待つ。待つともなく待つ。

作ろうとするよりもそのほうが実はずっと早い。

土肥の浜

◎ふしばな
なんとなく危険な人たち

これは前にも書いたことがあるエピソードなのだけれど、新たな意見や事実を加えてまた考察してみようと思う。

上馬にあるとある歯医者さんに予約を入れていた。近所だったのである。

そこには私の当時の彼氏も行っていたが「歯が短いから虫歯になってもしかたがない」と言われたと聞き、確かに「?」とは思っていた。なんじゃその理屈。

でも、とにかく近かった。だから一回行った。病院が新しいし、そこそこていねいなので、虫歯をちょっと削って埋めるくらいならいいかなと思った。

二回目の予約をしていたので、家を出てそこに向かった。

今となっては犬の神様が私の犬好きを評価して、危険から逃してくれたのではないかとさえ思うのだが、突然にふらふらと目の前に柴犬がやってきたのである。

とりあえず首輪をキャッチして、名前など見るも、なにも書いていない。

近所の動物病院に電話したら、連れてきてくれたら問い合わせなどしといてあげるよと言われたので、とりあえず連れていくことにした。

そして歯医者に電話をした。

私「すみません、おたくの真ん前で迷い犬を保護してしまったので、今すぐには行けそうにないのです、三十分ほど後に空きはありますか？」

受付の歯科衛生士さん「大丈夫です、いらしてください」

それで、犬をぶじに病院に送り届けて、歯医者に行った。

私「すみません、遅くなって」

受付の歯科衛生士さん「あ、そうなんですか。ではお待ちください」

治療が始まることになって、先生の前の椅子に座る。

私「遅くなってごめんなさい。犬を保護してしまったので」

先生「……あ、そうですか」

もしかして怒ってる？　と思って見たけれど、全く目に感情がない。怒ってもいないし、興味もない。人間としての感情がなにもない。不器用なのではない。ないのだ。

なんだか気味悪くなって、そこに行くのを

やめて知り合いの勧める別の病院に行った。するとそこの先生が「ここ、全く治療できてない。削って埋めたんだろうけれど、その下にまだ虫歯が残ってるから意味がない。やり直してもいいですか？」

と首をかしげながら言った。

やっぱり……と思った。

その後、そのときの大家さんのおばあちゃんが無感情歯科に行っていると聞いたので、「あまりよくないですよ、あそこ」と言った。

大家さん「そうそう、あそこへタクソよ。でもいいの、私はもうすぐ死ぬし。近けりゃ。若い人は行かないほうがいいわよ、かえってあとでたいへんになるから」

それもそうですねとは言えない内容ばかりなので、「そんなこと言わないでください」と言ったけれど、そういう割り切り方もあるのか、とびっくりした。

ケロイドが痛かったので、皮膚科に行った。レーザーで有名な、もっと言っちゃうと一世を風靡したゲルの化粧品を出した皮膚科である。その日のうちにレーザーで焼いちゃいましょうとなったのにもびっくりしたが、先生の目にやはり感情が全くないのにいちばん驚いた。感情がないから会話もない。

「焼きますか、次回にしますか、どうしますか」くらいしかなかった。

二回目の診察のときに、五分遅刻したら、この時間だともう予約のシステムからは外れたから、とりあえず待ってくれと言われた。待っていたが一時間を回った段階で、もういいかなと思った。転院しようと。

そして黙って帰った。何の連絡もない。そのまま今に至る。

後日、企業相手の不動産屋をしている友だちが、「ものすごいビルをあの有名な先生に売ったんだけれど、やりとりのあいだずっと感情がなくて、ＡＩじゃないかと思った。なんか気味悪い。うさんくさいとかではなく、単に気味が悪い」と言っていた。わかる～、と思った。

口コミを見ても常に高評価なのだが、きっとお弟子さんをうまく育てたのだろう。いずれにしても彼が直接施術するのは怖すぎる。感情がないから。

いちばん怖いのは、その感情をなくした人たちが、命には直接かかわらないとはいえ、人の体を削ったり縫ったりするお仕事をしているということである。

ホラーよりも怖い。

永井誠治さんの作ったすごい棚

◎おまけふしばな

野ばらちゃん[*36]

彼の小説のいちばんの魅力は、主人公の持っている、まるでほんとうに少女まんがに出てくる青年のような不思議な知性とユーモアと、芯のあるかっこいい考え方だろうと思う。

主人公は彼ではないのだろうが、いつも彼のすっと立っている姿勢を思い出す。

初めて会ったもう二十五年くらい前のとき、彼はまだ作家ではなくて大阪で謎のショップをしていたのだが、とにかく彼の書く主人公そのものの不思議な清潔感を持っていた。

見た目がむちゃくちゃ美しい上に、彼の考えには骨がある感じがした。

出会いからしてしょうもない関係性なので、しょうもないことも言うし、下ネタも満載な彼なのにその透明で骨のある思想性は全く変わらないのだった。

女友だちが野ばらのファンだというので、会うときいっしょに連れていった。

楽しく過ごしていたら、私も知っているその友だちのお父さんが、友だちに電話してきたので、代わった。

「あ、お父さ〜ん、ぜひいらしてください、いっしょに飲みましょう！」

私がそう言って、電話を切って、

「お父さんくるって〜！」

と満面の笑みで言ったら、

「あのさあ、今日はそもそも僕と彼女をくっつけようとしてたんじゃなかったっけ？　それで、なんで彼女のお父さんを呼ぶの」

と野ばらちゃんが苦笑していた。

「あ、忘れてた」

私が笑うと、

「ばななさんは、いつもそうなんだから」

と彼は言った。

この感じ、彼の小説に出てくる人にそっくりだと私は思ってひそかに感動していた。

永井誠治さんの作ったすごいいすとテーブル

いちばん強い

◎今日のひとこと

　私が二十五年くらい通っている歯医者さんの話なのですが、二十五年見てきたからこそわかることがあるのです。とにかくていねいで、さらになによりも予防に力を入れていて、定期検診に行くと調べるのと歯石を取るのと磨くので二時間くらいかかるのです。

　そのかわり、通ってさえいればなかなか虫歯にならないという、すばらしい効果。

　大先生がまだ六十代の前半に通い始めて、言われる通りに自分の歯磨きや生活を改善していったのですが（『あなたは子どもを産ん

オフィスの窓、なつかしいおもちゃ

でから、歯をうんと大切にするようになった、すばらしい』とほめられたのは嬉しかった)、通っているあいだに最初他の病院で修行していた息子さんも診察するようになって、最近になってその息子さんが跡を継ぎ、病院も改装されて、大先生は引退したけれどたまに診察したりアドバイスをしたりで、まだ同じ建物の中に住んでいます。

大先生の奥様も元々は歯科衛生士さんだったのか歯科医だったのか、歯石を取ったり歯を研磨したりはばっちりできます。そして今もたまに受付にいらっしゃいますが、ぱっと明るくていつまでも六十歳くらいにしか見えないものすごい美魔女。唯一弱っていたのは義理のご両親の介護があった時期くらいでした。大切な息子さんが成長して行くのを日々職場の中で見ることができるのも、奥様にとって張りになったと思われる。

大先生はとにかくシャープだし、判断が的確だし、その人に合った治療法をきちんと探すし、すごい才能だしなにもかもを歯に捧げている感じの人(たぶん私が全裸で座っていても歯しか見てないってくらい。お礼状にもいつも『忙しいでしょうが、たまには歯のことを考えてあげてください』って書いてある)なのですが、この人が引退してしまったらこの才能ってもうだれもまねできないだろうなあ、と思って暗澹としていたのです。

しかし、息子さんが院長になってもまだ昔からの患者さんは必ず診るし、同じ建物の上にある住居にいらして、診察時間には降りていらっしゃるし、息子さんが少しでも判断に困ったときには必ずアドバイスをしてくださってる。

つい最近も「吉本さんは今、歯茎がしっかりしているし、この口の中の感じだったら判断がしっかり定まるだろう」と占いのような診断をしてくださったばかりです。

　こんな心細くない上に毎日が実践という、明るい生き方があったのかと思いました。


　武者修行に行くとか、世界中を旅して学ぶとか、そういう方法の真逆にある「ずっと同じ場所にいるし、家族で協力していて、住んでるところと職場が一体。近所の人を中心にとにかく誠実に診続ける」という方法。

　もちろん辛いときも、うんざりするときもあったでしょう。歯科ってとてもメンタルに関係あるジャンルなので、いやな患者さんもいるでしょうし。家族の顔を見るのもいやなときとか、家から降りたら職場なんて気分転換ができないじゃないかと思うこともあるでしょう。

　でも、「歯を中心に考えたら」これはかなりすばらしい考え方です。

　心が淀むことと戦うことはありそうですが、仕事の上ではサポートし合って、孤独や支え

じっと見る

のない状態はなさそうな。

これはこれで最強なのではないだろうかとしみじみ思いました。

◎どくだみちゃん

手でこねる

二十代の終わりにパンを作っていたときは、全粒粉ではなくて、ふわふわの白いパンばかり作っていた。

全粒粉のしみじみしたおいしさがわからなかったみたいだ。

そして気持ちがいつもあせっていたから、ふわふわなだけで、なんだか豊かじゃないパンができていた。

忙しさは昔よりも増しているのに、今はじっと見ている。ふくらむところを。

粉を手で混ぜたとたんに、細胞みたいに生きはじめるのがわかる。あちこちにくっついたらもう取れないくらいの、生きているなにかが動き始めるのがわかる。


犬の骨に沿ってマッサージしていると、力がぎゅぎゅぎゅと入っていくのがわかる。それと同じ感じがする。

人間はなんでそう簡単にはいかないのか、よくわからないんだけれど。

パン種も同じだ。

ここですよっていう手応えがある。

全粒粉だからふくらまなくって、ぺったりしていて、ぎっしりしていて、味もそっけもないんだけれど、そしてプロじゃないからへたなんだけれど、それでもかわいいパン。

世界中のどんな犬よりも猫よりも、うちの犬や猫がかわいい。

ペットショップにどんなに愛くるしい子犬や子猫がいても、絶対取り替えたりできない。ずっとそう思ってきた。

取り替えちゃう人がいるこの世の中で、そう思えてきたことが、いちばんよかったこと。愛はくりかえしひたすら触ることで、深くなる。

互いの命がふくらむ。

手の魔法以外、なにも信じない。

さよなら「PREFAB」

◎ふしばな

印

たまに海外のセレクトショップに行くと、コム・デ・ギャルソンの服を売っていることがある。

割高になっていることが多いので、買わないことがほとんどだけれど、品質表示のタグを見ると、そこにはコム・デ・ギャルソンの服にいつもついている、検品をした人の名字の印鑑を見つける。

ないものもあるので、それが何かの証だとかいうことはないけれど、何十年もこの印鑑を見てきて、なんだか海外でとても親しい日本人に出会ったような安心感がある。

ずっとつきあってきたからこその、安心感だ。

前に小さい家に引っ越したとき、泣く泣く何着か（売ることもできないくらいぼろぼろのやつ）捨てたけれど、それらを着ている自分の写真は大切にしている。

こんなに長くつきあうなんて、思っていなかった。

そしてもしかしたら一生着続けるのだろうと思う。

長年肌の近くで見ているので、それこそ偽物を見たら、一発で気づくと思う。

サイズももちろんLだし、だいたいゴムウエストのしか着ないから、決してブランドに貢献しているど真ん中のタイプとは自分は言えないけれど、それでもやっぱり、海外で出会うとあの印鑑が嬉しい。

検品したかどうかなんて、どうでもいいかもしれない今のファッション業界。Tシャツが数百円で売っている時代。

でも、だれかが最後にこの服をきちんとすみずみまで見てくれたのだと思うと、安心する。日本の、まじめに縫製を学んだ人が、誇りを持って。

ここにお金を払って長く着るのなら、いいのではないかと素直に思う。

ただ、私はど真ん中的なタイプではないので、ギャルソンの中でもはじっこの服を地道に着ているだけなんだけれど。

川久保（玲）先生が「あの人、だらしないわね」と思いながらも、喜んでくれるといいなあと願う。

海外で舞台に立つときは、着物の代わりにギャルソンを着て、日本を代表している気持ちになっている。

飴屋法水さんの舞台で衣装を担当している奥様のコロちゃんは、お嬢さんが小さいときにもきちっとギャルソンのジャケットを着ていた。着たままで赤ちゃんに乳をあげていた。

「うちはお金がないんだからギャルソンを着るのはおかしいかもしれないけれど、衣装のことをやる人は、その人の好きな服を着ていないといけない気がするから」とのちに飴屋さんはおっしゃっていた。コロちゃんのたたずまいは、その言葉が深い説得力を持って迫ってくる姿だった。

コロちゃんほどギャルソンのジャケットが似合う人を見たことがない。まるで肌の一部のように着ていた。赤ちゃんもそこに自然に添っていて、とても似合っていた。これはもはや民族衣装と言ってもいいのではないか？と私はしみじみ思った。

サボテンの花

待つともなく待つ

◎今日のひとこと

　ものすごく念の力が強くて、まったく融通がきかなくて、人情の機微もわからず、それゆえに何回もムショに入ったりして、なにがおかしいのか心つくしていろいろ説明するも全く受け入れず、山奥で修行をしながら偏屈な暮らしをしている（家にはほんとうになんにもないのが本気な感じ）友だちがいるのです。

　彼が「ここはとてもいい」と言って連れていってくれるところはたいてい幽霊が出そうなとんでもないところだったり。

空港の窓

今、知ってる人は大爆笑してるであろう、長年の友だち。

あんまり仲よかったのでうわさになったりもして、逆に楽しかった。

私にはいつも、ちゃんと、いっしょに暮らしている彼がいましたってば。

手をつないでキャッキャとベトナムの大通りを渡ったり、お遍路さんをしたとき、愛犬の供養のためにちゃんと御朱印帳を一冊作って持ってきてくれたり、そんな大切なゲイ友のような友だち。

次々に奇妙な病にかかる彼を見て、全身全霊で救いたいと思ったのは確か。私にしては珍しく、力むほどに本気で心配したのも。

死相っていうのはほんとうにあるんだなと思った。親しい人のそれが、日に日に濃くなっていくのを、若いときの私は止められるんじゃと思いました。

今ならわかります。止められないと。

だから元気な姿をイメージするしか、ふんわりとするしか、明るく過ごすことしかできることはないと。

でも、死相は消えたのです。本人がこのままだとまずいと気づいたのでしょう、深いところで。

彼が瞑想とかスピリチュアルとか言うたびに、「そんなことをよくこの私に説けるな！」「まずその性格をなんとかしなよ」と言っていた（友だちだから全く遠慮がない）んだけれど、そうして融通のきかない彼のおしつけスピリチュアルに辟易してたくさんの人が彼から離れていったんだけれど、頑固な彼は何年も何年もその生活を続け、瞑想しているうちに、融通がきかないところは決して変わらないんだけれど、小さな小さな光のようなものが彼の中に芽生え、それが少しずつ大きくなっていったのです。

そんな生活を始めてもう十年以上になるだろうか？　元々持っていた彼の賢いところや、優しいところ、自然や子どもが好きなところが、ちょっとずつ、ちょっとずつ戻ってきたのです。

瞑想ってほんとにすごいな！　と思うと同時に、人はどんな道を通ってもいいんだ、そして見守るとかではなくて黙って放っておけば、信じるとかでもなくて漠然と見捨てずにいいところを知っていれば、いつか必ずいいほうになるんだなあ、としみじみ思いました。

そこまで頑固に自分の道を歩んだ彼もすごいし、あらゆる道がある種の拓けたところに通じてるって、ほんとうにすごい法則だなと思うのです。

そして、彼がどんな状態にあっても決して彼を見捨てなかった彼の師匠もすごい。「しょうがないなあ」と思いながら、とにかく見捨てはしなかったのでしょうと思います。そう、彼の親しい友だちたちのように。

元の姿に戻って、笑顔で、自然に話している彼を数十年ぶりに見たときには心から嬉しかったけれど、逆になにもそのことについては言いませんでした。言わなくてもわかってる。わかってることも相手にはわかってる。生きてるうちにまにあってよかったなあ、そういえばこの人こういう人だったよなあ、このほうがずっといいよなあ。

そうとだけ、思いました。それでいいのです。それが、友だちっていうもの。

大野舞ちゃんの娘さんがくれたいも

◎どくだみちゃん
わたしま〜つ〜わ

「いつまでも待つ」と言っている女性に限って、数ヶ月も待たないし、がまんできない。

それは、そこに欲が入ってるからだと思う。

それを持ってしまうのは、人として当然だから、悪いとは全然思わない。それが恋の醍醐味だったりするし。

欲や苦しみを楽しむか、ほんとうに手に入れると決めるか、二択しかない。それを行ったり来たりするのが人間だけれど、行ったり来たりしてたら、絶対手に入らない。

うちの子どもの勉強しなさといったら、すごかった。

義務教育さえ受けてない。

深く考えると冷や汗が出てくるような、そんな気持ちをごまかすでもそらすでもなく、ただその存在を信じる。

その信じるも「信じます」っていうのではなくて、「気づいたらまあまあ信じてた」くらいでいいのである。

ある日いきなり勉強をしはじめたとき、あまりほめすぎちゃいけない、喜んでもいけない、と思った。

そっと、風船のひもを持ってる手くらいの力で、力まずでも離さずにはじっこを持っているだけにした。

それが、待たずしてなんとなく待つってことなのかも。

そこにあるんだ。そこにいたんだ。

あると思ってた。

いると思ってた。

だからどうした？

いや、どうもしない。

そっちをじっと見てさえいないよ。

空の月を見てたんだ。

道端の草を見てたんだ。

食べました

だけど君の様子から、いい香りみたいなのが伝わってくる。

それはちゃんとわかってる。

◎ふしばな
待たないケース

私の最初のほんものの失恋はものすごくインパクト大だったので、あれを超えるものはその後もちろんない。

ほぼ婚約していたのに、ちょっと目を離したら、彼を奪われてしまったのだった。

しかも、彼を奪った人と彼は婚約までしたのに、その後結婚しなかった。それもまたショックだった。だったらなんだったんだ、あの苦しみは。

家族全員の前でうっかりおいおい泣いてしまったり、家でひきこもったり、あのみじめな気持ちは一生忘れないだろうと思う。

彼とは毎日会っていたので、することが急になくなった。

あんなにも毎日誰かと会っていて、急に永遠に会わなくなるなんて。

そんな人間関係があることを知らなかった。フェードアウトじゃないなんて。

その発想自体がものすごく子どもっぽいのだが。


あれからしたどんな失恋も、あれよりもなにかが濁っている。

まるで刃物で切られたように痛かった。

それから後は、どんなにきつい気分でも、どこかで前もってわかっていたり、このくらいが潮時だろうなと思っていたり。

それでも、ふたりが将来いっしょになろうと話したときの美しさを忘れはしない。

ふたりは高校生で、場所は小諸だった。合宿だったと思う、ふたりは大勢が見ている前で、別にいちゃつくでもなく、二段ベッドの上の段に並んで寝ころんでしゃべっていた。

「なんとかしてずっといっしょにいたいね」

「それにはどうしたらいいだろう？」

「大学を出たらすぐいっしょに住んだらいいんじゃない？」

「それまでは毎日会おう、それならずっといっしょにいるのと同じだから」

アホみたいだけれど、真剣だった。

ふたりの前には互いしか見えない狭い視界しかなかったけれど、夢見た広大な未来があった。しかもそれはとてもささやかなもので、地元もいっしょ、行動範囲もいっしょ、だからずっといっしょにいようっていうだけだった。

どこで見失ったのか、もともとなかったのか。

「でも、子どもはほしくない。奥さんが痛い思いをするなんて、耐えられないから」と彼は言った。

「そこまでは先のことすぎてわからないけど」と私は笑った。

おまえたちもまだ子どもなんじゃないのか？　と突っ込んだりしない、そんな若いときの本気の会話の良さだ。

私のすごかったところは、去っていった彼

を決して待たなかったところだと思っている。

いちど途切れた道を振り返らず、新しい人生に入っていった。


そう思うと、あのふたりの前にあったはずの未来は、あんなにかわいらしいふたりだったのになにか絶対的に違っていたんだな、素直にそう思う。

今思うと、まず奥さんの体の持っているすばらしい力を信頼してないところが、なんていうか、違うなって思う。

もちろん当時はその違和感を言語化できなかったけれど、彼はとても淋しい育ちの人だったので（大企業の偉い人の息子だったので、だれも家にいなかった）、とにかくまず小さく自分だけに向いている人がほしかったんだなと気の毒に思う。


私はまだまだ世界を見たかったし、なんだかこのままじゃいい作家になれないよなともわかっていたので、大学を出てすぐ結婚というプランがだんだん息苦しくなってきた。そりゃそうだろう。ああ、しなくてよかった〜（このオチかい　笑）！

向かいの奥さんにもらったスペインみやげのマグネット

意志を持って使う

◎今日のひとこと

備えるためになにかをただためておくって、役立ちそうで実は役立たないのですよね。

卑近な例で言うと、食べものがなかったり買い出しに行けなかったときのためのストック。

「これを使う」という強い意志がないと、なかなか使いこなせません。

家中をかきあつめたら、三日分くらいの水と食料がある、というのは近年必要なことだと思うけれど、それ以上ためこんでいる家がほとんどなのではないでしょうか。

冷凍食品が好きな人は賞味期限の前に祭り

ローズマリーの花

をするでしょうし、新鮮な魚や肉しか食べない人の冷凍庫は、さっぱりしているでしょう。そこに「その人」が出るから、私は料理本が好きなのかもしれません。

また、ふだんから料理をする人はすでにそのへんに、蒸し器だのプロセッサーだのがスタンバイしているし、準備のスペースがある。でも、さっと食べるだけの人はもし準備が必要な調理（揚げものとか、下ごしらえがいる魚とか）をするとなると時間が必要になります。すべてが、その人だけのさじ加減なのです。

使う、と決めたときから、クリエイティビティが始まるんだと思います。

服でも、文具でも、なんでもそうです。

たとえば旅先だとスーツケースひとつの中のもので、なんとか数日間をしのげないと意味がありません。だからいろいろ工夫します。同じカーディガンや布を毎日はおったりもします。そうすると急にある瞬間、わかってくるのです。そのもののほんとうの色や使い方の真実とでもいうようなものが。

簡単なことなのです。

叶姉妹はぞうきんがけをしないし、ラッパーは見た目でラッパーとわかるようにしているから、ライフスタイルも決まっている。お金持ちになったらちゃんと後輩にお金を使う。そしてゴスロリの人は決して山登りに誘われない。

そんなふうに「この服の使い道は……普段着だ」「ちょっとしたレストランなら行ける

くらいの生地か？」「このかっこうで居酒屋に行ったらちょっと浮くだろう」そんなTPOがわかってくる。

そのバリエーションのためのストックなのです。

服は、好きでときめくものが大切。それはこんまりさんのおっしゃる通り。そして「自分が何者でどういう経済圏にいて、なにを信条としているか」を表すもの。その両方を兼ね備えたものが、自分の持つべきもの。

実は全てのジャンルに、同じことが言えるんだと思います。

息子を占ってあげた

◎どくだみちゃん
どんな社会を目指しているのか

「いつも鼻毛が出てる人の話を書いたんですよ」

「それじゃあ、いつも鼻毛が出てる人が読んで傷つくじゃないですか、ひどい人だ」

「子どもを二十五歳から二十五人産んで、みんなスポーツ選手にした人について語ります」

「子どもを産みたくても産めない人にとって、そんな大きな数、残酷でしかないです。いい人だと思ってたのに」

「短距離走を極めた上にマラソンまで始めたって、あの人。しかもトライアスロンまで。すごいね」

「うちのおじは、自転車屋だったんだけれど、体を壊して引退したんです。自転車と言っただけで泣くんです。トライアスロンの話だけはカットしてください。マラソンにさしかえて」

「じゃ、自転車のところを抜いて、水泳とマラソンの話を書こうかな」

「うちのおばはマラソン選手だったんだけれど、ひざを痛めて引退して、今でも嘆いているんです。マラソンの話だけは書かないでください」

「北極の人がかわいそうじゃないですか、一生水泳はできないんですよ。クマは泳いでるのに！」

「西からのぼったおひさまが、東にし〜ず〜む〜♪」

「嘘を歌うのは教育上よくないと思います。そのまま覚えてしまった子がいたらどうするんですか？」

「寿限無の名前、完璧に言えるよ」

「私の妻は短期記憶しか持てない病気なんです、そんな辛い話聞いていられません」

「うちの子には障がいがあるけれど、家族全員があの子を愛してます」

「うちの子に障がいがないのが申し訳なくて、もうここにいられません」

「一面の小麦畑が……」

「私はグルテンフリーにしてるんです、小麦という言葉を聞いただけで具合が悪くなるんです」

「さあ海で泳ごう」

「海には魚もクラゲもいて、なんと波もあり、しかも潮が流れていてたいへん危険です。最

「つゆ艸」のプリン

悪の場合サメもいます」
「なんにも書けないじゃないですか」
「だれが読んでも傷つかない内容のもの以外は、もうこの世に存在しないようになりました」

そうなったら、闇エロ本でも書いて、思い切り手売りして儲けよう。

◎ふしばな

アメリカン・ホラー・ストーリー

前にも書いたことがあるのだが、そのときはその宿を紹介してくれた親切な旅行会社の人に遠慮して書けないことがあった。もう時効だろうから全部書いてしまおう。

その宿はハワイ島にある、小さなＢ＆Ｂだった。

おせじにもすてきとは言えない、メガネをかけたすっぴんのまじめそうな五十代くらいの女性が迎えてくれた。

彼女とご主人はそこの半地下に住んでいて、上の階を人に貸していた。

なかなか立派な歴史ある家で、元は日本人の持ち物だったそうだ。二階は和風の部屋だった。そうじも行き届いていた。

でも、うちの子どもがそこに置いてあった打楽器でちょっと音を出したら、彼女はものすごくこわい顔で急に冷酷になって、

「この時間には決して音を出してはいけない。子どもはすぐ音を出すから泊めたくないの

よ」
と言った。さっきまで笑顔で「うちの主人のパンケーキは最高なのよ、明日の朝をお楽しみに」と言っていた人とは思えない変貌ぶりだった。

そう、庭を案内してくれているときもそうだった。急に何かのきっかけで変貌するのである。

その人が急に自分のフラを見せるというので、なんとなくそのうまくもへたでもない踊りを見た後、フラの風習(返歌のように踊ってもてなし返すようなイメージ)通りにこちらの友だちも一曲踊った。

そうしたら鬼みたいに、デジタルに不機嫌になったのである。

彼女のご主人は足が悪く、ずっと足をひきずっていて、さらに超無口で、いつもうっすらと笑顔を浮かべていた。無口というよりはむしろ、しゃべるのを禁じられてるという雰囲気がにじみ出ているのである。

そして彼はひたすらにパンケーキを焼いてくれた。確かにおいしかった。

テーブルのセッティングもかわいくて、いかにも女性が好みそうな雰囲気。

しかし、友だちが「昨日夜中に、果物を食べるため、テーブルの上のかごに入っていたフォークをお借りしました。もうお休みのようだったので、無断ですみませんでした」と洗ったフォークを返したとき、彼女はまた変貌した。

セッティングしているところからわかりやすく抜いたのではなく、かごにざっくりとたくさんフォークが入ってるところから借りたのにである。

「やっぱり！　いやな予感がしてくまなく数えたらどうも一本足りないと思って、聞こうと思っていたのよ」

そのときの顔の怖さと言ったら、能面のようで、しかもものすごく怒っているのである。数えたんだ〜、こわっ、と私は思った。

「前のふたりの夫は死んでしまって、今の夫が三人目なの。とてもいい人よ。でもね、ひとつだけ決して許せないことがあるの。こんな美しい場所に住んでいるのに、彼はゲームをやるのよ！　一度ニンテンドーを全部捨ててやったんだけれど、また買ってきて始めたのよ！　信じられないわ」

そうも言っていた。


前のご主人の死因はなんですか？　とも聞けないし。

ご主人の足はなんで悪いんですか？　も聞けない。

映画じゃあるまいし、まさかね。でもひょっとして、と想像してしまうようなリアルさがあった。

そそくさと去ったしもう二度と行かない宿なのだが、あのご主人が今も生きているといいなと思う。いや、基本なんでもないちょっとSで潔癖症で完璧主義の少し病んでる奥さんと、尻に敷かれているだんなさんだと思うんだけれどね。

でも、アメリカ人の価値観の幅って、国土に比例して広いから……。

あんなすてきな家に住みながら経済的な事

情で半地下に住み、「こんなすてきな家に泊まれて嬉しいでしょう?」とうらやましそうに言っていた、そんな謎の世界にいる彼らのことを、「ヴィジット」[*37]という映画を見たときつい思い出してしまった。

　結婚を三回もしていて、お子さんがひとりもいなくて、子ども嫌いというのも恐ろしい。

　そして、夜人を送りに外に出たとき、半地下の彼らの部屋の窓に、ふたりの座っているシルエットが映っていたのが、今も超怖い映像として、心に残っているのである。

近所の花

注釈

＊1　こんまりさん（P13）　片づけコンサルタント　独自の片づけ法「こんまりメソッド」を編み出す『人生がときめく片づけの魔法』（2011年　サンマーク出版刊）が世界40ヶ国以上で翻訳出版され大ベストセラーに

＊2　千里（P14）　焼肉店　住所 東京都世田谷区上馬4-41-2　電話番号 03-3418-7496

＊3　サ道（P33）　漫画『マンガ　サ道～マンガで読むサウナ道～』　タナカカツキ作　講談社刊

＊4　ピロココ（P34）　https://note.com/golosa/

＊5　万引き家族（P37）　映画　第71回カンヌ国際映画祭最高賞パルム・ドールを受賞　2018年公開

＊6　夜は短し歩けよ乙女（P43）　アニメーション映画　森見登美彦原作　湯浅政明監督　2017年公開

＊7　だるい人（P58）　蛭子能収作詞　E.D MORRISON 作曲　「ドント・トラスト・オーバー・サーティー」（1986年発売）収録

＊8　ミニレヨネックス（P61）　薄型カードタイプの磁場調整ツール

＊9　英会話教室（P66）　マギの英会話　https://www.maggie7.com

＊10　大西泰斗さんの本（P66）『ハートで感じる英文法　決定版』　2018年　NHK出版刊

＊11　スンギくん（P88）　著者との共著『僕たち、恋愛しようか？』　2013年　マガジンハウス刊
＊12　僕の彼女は九尾狐（P89）　韓国ドラマ　2010年公開
＊13　チングジャナ（P89）「チングジャナ―友達だから―」「恋愛時代」収録　2012年発売　ユニバーサル ミュージック
＊14　華麗なる遺産（P89）　韓国ドラマ　2009年公開
＊15　ヨウビ（日照り雨）（P90）　韓国の国民的歌手によるバラード　2010年発売
＊16　進撃の巨人（P94）　諫山創作　全34巻　講談社刊
＊17　約束のネバーランド（P94）　白井カイウ原作　出水ぽすか作画　全20巻　集英社刊
＊18　ドラゴンボール（P94）　鳥山明作　全42巻　集英社刊
＊19　もしもし下北沢（P124）　父を喪った娘が下北沢で生きていく姿を描いた長編小説　2012年　幻冬舎刊
＊20　近所のコーヒー屋さん（P133）　GLAUBELL COFFEE　住所 東京都世田谷区代田5‐7‐9
＊21　平良アイリーン（P141）　著書に『ホ・オポノポノジャーニー　ほんとうの自分を生きる旅』（イハレアカラ・ヒューレン　KR監修　2015年　講談社刊）がある
＊22　平良ベティー（P142）　https://bettysroom.asia/
＊23　竹花いち子さん（P149）　料理人　インスタグラム：@ichikotakehana
＊24　いのちの輝き（P166）　フルフォード博士が語る生命観や正しい呼吸法などの実践ノウハウも詰まった一冊　19

９７年　翔泳社刊

*25　たぴヤ（Ｐ１７４）　タピオカドリンク店　住所 東京都足立区千住2-29　電話番号 ０３-６８８６-０８１７（下北沢店は現在閉店）

*26　THE LAST SONG（Ｐ１７７）　X JAPAN の曲　１９９８年発表

*27　１Ｑ８４（Ｐ１８９）　村上春樹作　２００９年　新潮社刊

*28　こえ占いちえちゃん（Ｐ１９６）　http://koeurnaichieko.jp

*29　うえまみちゃん（Ｐ２１６）　https://note.com/d_f/m/mfccfe3cf3ada

*30　バリの丸尾孝俊兄貴（Ｐ２１７）　著者との対談本『にぎやかだけど、たったひとりで』　２０１８年　幻冬舎刊

*31　中学聖日記（Ｐ２２８）　漫画　かわかみじゅんこ作　既刊6巻　祥伝社刊

*32　佐川君（Ｐ２２８）　佐川一政　パリ人肉事件の犯人

*33　su:m37°（Ｐ２３５）　ＣＣクリームなどのコスメブランド

*34　ワンダァ・オイル快（Ｐ２３６）　馬のタテガミ下部脂肪を抽出精製した馬油

*35　れんげ化粧水（Ｐ２３６）　https://renge-store.com

*36　野ばらちゃん（Ｐ２４５）　嶽本野ばら　作家　著作に『下妻物語』『タイマ』『純潔』などがある

*37　ヴィジット（Ｐ２７２）　映画　Ｍ・ナイト・シャマラン監督・脚本・製作　２０１５年公開

吉本ばなな「どくだみちゃんとふしばな」購読方法

①noteの会員登録を行う（https://note.com/signup）

②登録したメールアドレス宛に送付される、確認URLにアクセスする

『登録のご案内（メールアドレスの確認)』という件名で、
ご登録いただいたメールアドレスにメールが送られます。

③吉本ばななのnoteを開く

こちらの画像をスマートフォンのQRコードリーダーで読み取るか
「どくだみちゃんとふしばな　note」で検索してご覧ください。

④メニューの「マガジン」から、「どくだみちゃんとふしばな」を選択

⑤「購読申し込み」ボタンを押す

⑥お支払い方法を選択して、購読を開始する

⑦手続き完了となり、記事の閲覧が可能になります

JASRAC 出 2204122-201

本書は「ｎｏｔｅ」二〇一九年七月二十日から二〇二〇年一月二十七日までの連載をまとめた文庫オリジナルです。

気《き》づきの先《さき》へ

どくだみちゃんとふしばな7

吉本《よしもと》ばなな

令和4年8月5日　初版発行

発行人――石原正康
編集人――高部真人
発行所――株式会社幻冬舎
〒151-0051東京都渋谷区千駄ヶ谷4-9-7
電話　03(5411)6222(営業)
　　　03(5411)6211(編集)
公式HP　https://www.gentosha.co.jp/
印刷・製本―中央精版印刷株式会社
装丁者――高橋雅之

検印廃止
万一、落丁乱丁のある場合は送料小社負担で
お取替致します。小社宛にお送り下さい。

定価はカバーに表示してあります。

幻冬舎文庫

ISBN978-4-344-43223-9　C0195　よ-2-38

この本に関するご意見・ご感想は、下記アンケートフォームからお寄せください。
https://www.gentosha.co.jp/e/